KB261250

정경숙 쓰고 그리다

Prologue

손글씨라는 한 길을 십칠 년간 걸어왔다.
크고 작은 시련이 있었던 만큼
글씨도 원숙해졌다.
이 책은 담담하게 써내려 간
나의 이야기다.
어쩌면 우리의 이야기다.
진심은 통한다고 하지 않은가?
단 한명의 독자라할지라도
이 글을 보면서 가슴이 따뜻해졌다면,
마음을 다잡을수 있는 계기가 되었다면
잔잔한 미소를 머금을 수 있었다면
성공했다고 생각한다.

내 마음 깊숙한 곳까지 걸어 들어가
담담하게 써내려간 이 글이
많은 사람들의 마음을 울리고 치유해주었다면
더 이상 바랄 것은 없을 것 같다.

캘리그래퍼로서
아내로서, 엄마로서
딸로서 살아오면서
주변에 감사한 분들이 너무나 많다.
사랑하는 우리 식구와
많은 도움주신 도서출판 무한 가족들께
감사의 마음을 전한다.

성경순

Contents

Hea
chapter 1

ling

지금 한번 돌아보세요.

20대 VS 30대

젊음 VS 성숙
미숙 VS 노련
외모 VS 품격
지식 VS 지혜
열정 VS 여유
재주 VS 관록
답습 VS 내공
도전 VS 이룸

이 사이 당신은 어디쯤 가고 있나요?

꿈을 이룰 수 있다는
믿음을 잃지 마.

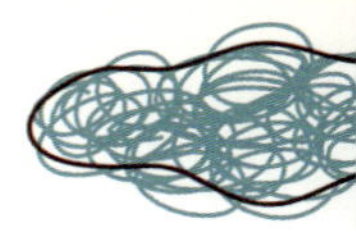
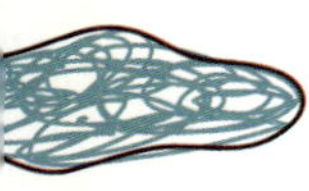

꿈이 없다면
인생은 쓰다.

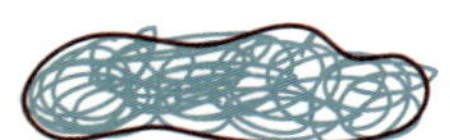

지금 조금 힘들다고
포기하지는 마세요.

좋아해서 시작한 일이든
어쩔 수 없이 시작한 일이든
조금만 더 밀고 나아가 보세요.

스스로를 믿고 나아가다 보면
이 어둠 끝에 희망이 기다리고 있어요.

네 곁에는 내가 있잖아!

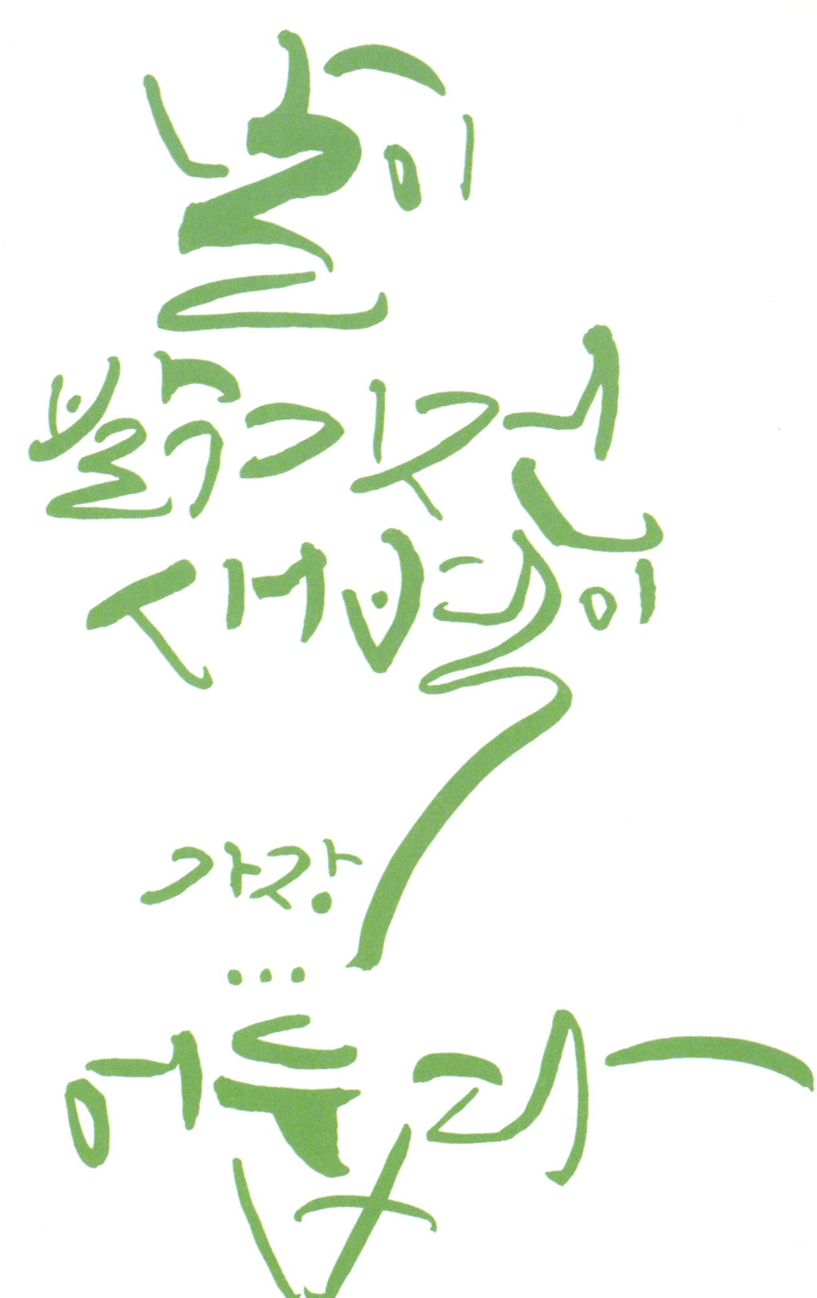

시간은
최고의
카운셀러

급하게 서두르지 말고 Relax–
그 발음마저도 긴장을 풀리게 하는 단어

또 컴퓨터 화면 볼 때 눈이 뻑뻑해요?
자꾸 눈물약 넣지 말고
잠시 눈을 감아 보세요.

또 감기가 왔나요?
독한 약 먹으면서 버티지 말고
일을 조금 줄여 보세요.

또 몸살이 왔나요?
링겔 맞고 버티지 말고
자는 시간을 늘려보세요.

또 보약이 생각난다고요?
일하고 남는 시간에 운동하지 말고
운동하고 남는 시간에 일하세요.

이제껏 앞만 보고 달려왔으니

살기 위해
일하지
일하기 위해
사는 건
아니잖아요

조금 잘한다고 교만하지 말고,
조금 빨리 간다고 태만하지 마세요.

조금 더 안다고 자만하지 말고
조금 더 사랑했다고 투정하지 마세요

마음대로 채울 수 있다면야
마음대로 비울 수도 있다면야
그것만큼 좋은 일이 없겠지만

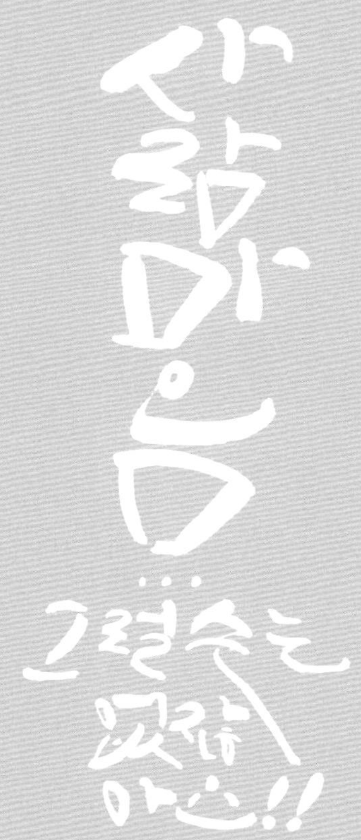

창과 방패

무엇이든 뚫을 수 있는 창
무엇으로도 뚫을 수 없는 방패
때로는 모순이라는 말로
당신을 좀 놓아주세요.

지금 열심히 일하고 있다면
가끔은 한 번씩 눈감아 주세요.

몸이 천근만근 출근이 힘들다면
택시로 출퇴근할 수도 있어요.

아무리 시간이 없어도
1000만 관객 넘는 영화는 안 보면 후회해요.

가끔씩 일상을 탈출해
클럽 가서 친구들과 스트레스도 날려보세요.

자꾸 화가 난다면
노래방 가서 고래고래 소리도 질러보세요.

어깨에 돌 하나를 이고 있다면
고급 스파도 한번 가보세요.

가끔씩 놓아주세요.
모순이라는 단어로 놓아주세요.

허영이라는 껍질이 좋아 보일 때도 있지만
한번씩 마음의 각질을 밀어내지 않으면
끔찍하게 갈라질 수도 있다.

몸의 때만 밀지 마시고
마음의 때도 밀고 오세요.

탐욕
자만
절망
조바심
허영심
질투심

모두 모두 씻어내고 오세요.

설렘으로 몇 개월 버티고
추억으로 몇 개월 버티고

요즘 힘들고 지쳐 있나요?
'다음에'라는 말로 계속 미루지 말고
삶의 고단함을 내려놓고 떠나보세요.
'여행하는 것이나 병에 걸리는 것은
자기 자신을 반성한다는 점에서 공통점이 있다'고 하죠?

떠나보세요.
많이 쉬고
많이 보고
많이 얻어 오세요.
좀 더 큰마음으로 오세요.

아참!
떠나기 전 이것만은
지키기로 약속해요.

쉬는 만큼 일하려고 아등바등 야근에, 휴일근무까지
힐링되고 싶었는데 맨붕되서 돌아오죠.

떠나기 전
몸도 마음도 조금씩 비우고 떠나세요.

귀신은 해병이 잡고
자유는 욕심이 잡아간다.

휴식은
고단한 사람에게 미소가
낙심한 사람에게 햇빛이 될 수 있다.

가끔 쉬었다 가도 좋아요.

가끔 게으른 것도 좋아요.

집을 예쁘게 꾸며주는 것도
집에 부족한 점을 말해주는 것도
자주 찾아오는 친구이다.

오랜 만에 집에 놀러 온 친구
“비싼 냄비에 때 좀 봐. 이게 뭐야?”
살림에는 마음을 비운 나는,

“냄비가 사람을 위한 거지.
사람이 냄비를 위해 사는 거냐?”

한날 한시에 태어난 쌍둥이도
그 성격은 다르다.

쌍둥이 다르다...

새들도
각자의 목소리로 노래한다.

우리도 그러하다.
틀린 것이 아니라
각자 다를 뿐이다.

그 사람과 힘들다면
왜 그런지 왜 힘든지
서로 이야기하세요.

잠시 힘들더라도
뒤에서 미워하고 속으로 힘든 것보다

더 오래
더 깊이
더 멀리
갈 수 있잖아요.

뭐가 잘못된 거지?
다음에는 더 잘할 수 있게 만들어준 좋은 일

칼

안 쓰는 칼은 녹슨다.

남긴 음식
냉장고에 넣었다가 버릴 때

안 입는 옷
한해 더 묵혔다가 버릴 때

안 읽는 책
책장 가득히 꽂아 놓을 때

무거워요.
너무 무거워요.

버리지 못한
비우지 못한
내 마음이 더 무거워요.

버리는 것도
연습이 필요해요.

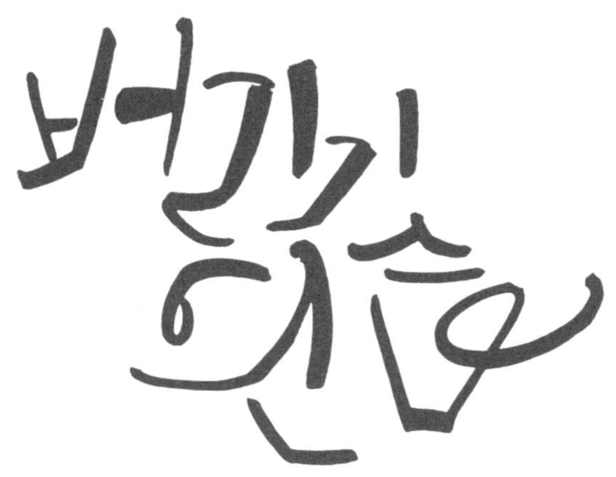

스스로를
사랑하는
방법을
아는 것이
가장 위대한
사랑이다

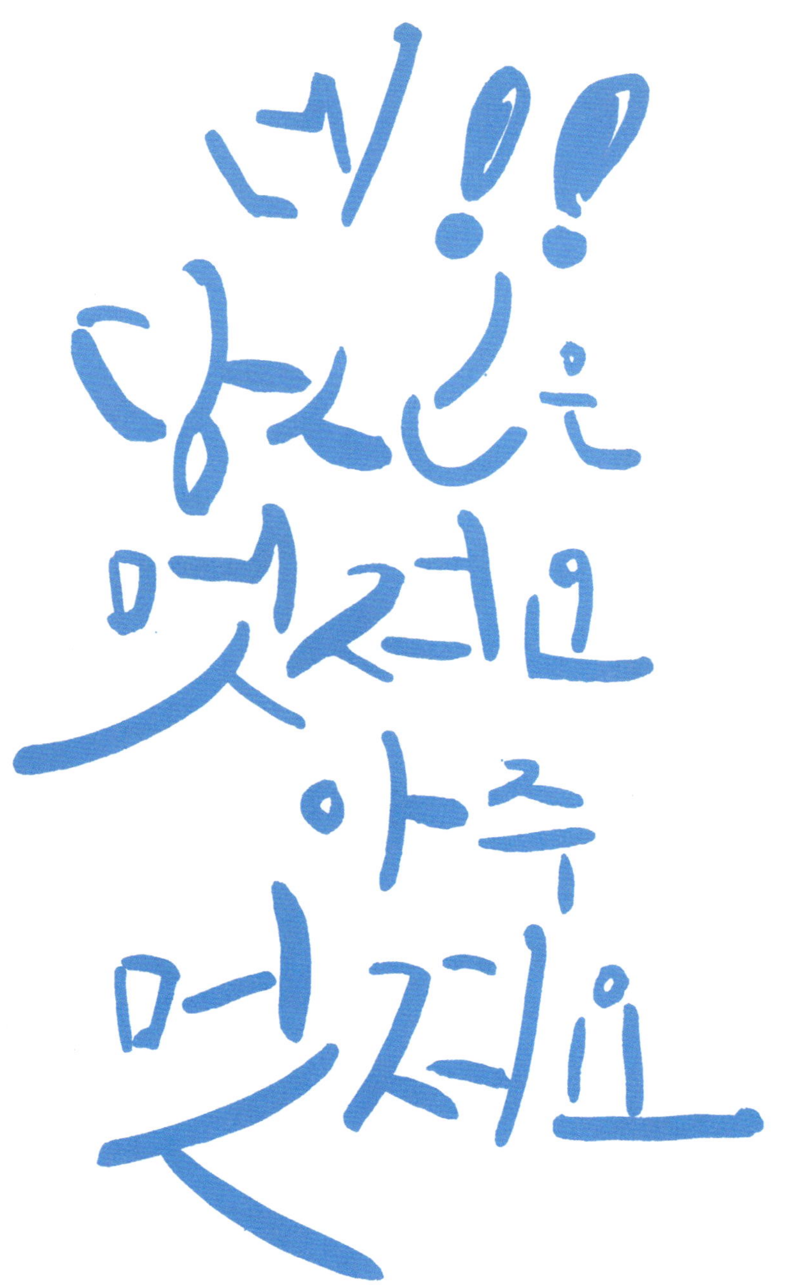
너!!
당신은
멋져요
아주
멋져요

chapter 2

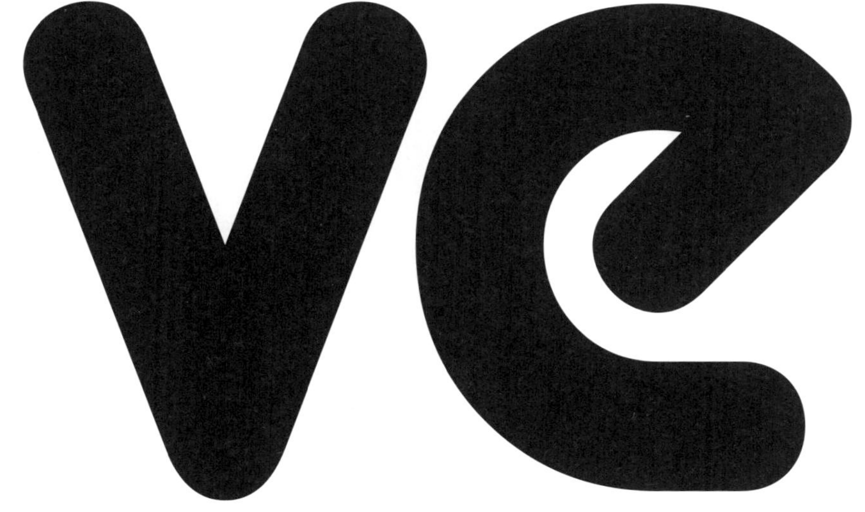

너
첫
사랑든
알았어?

최고의 다이어트는
마음고생이라더니

첫사랑처럼
입맛, 밥맛 떨어뜨리는 것은 없네.

사랑은 ...

그저

미친 짓이라고?

기다림은 오늘로
웃는 사람이
한자리로!!

네가 내 심장 속에
들어와 있나 봐.

너만 생각하면
심장이
간질간질해

처음으로 술에 취한 기분처럼
몽롱하고 아득한 기억 너머에 네가 있어.

사실 그때 아닌 척했지만
네 손이 스치기만 해도 찌릿찌릿하고,
처음 손을 잡던 날은 심장이 요동쳤었지.
몸속의 모든 세포들이 살아 움직이는 듯했어.
처음 너와 키스를 하던 날,
혀끝에 맴도는 그 감미로운 기억도 잊지 못할 거야.
캔커피 향이 남아 있는 달콤한 첫 키스.
그래, 그랬었지.

하지만 우리 사이에는
하나가 될 수 없는 보이지 않는 공간이 있었어.
사랑이란 감정에 너무 빠져드는 것 같아서
불 같은 사랑 후에 오는 이별이 나를 힘들게 할까 봐
너무 좋아해 주었던 너에게
잘해줬던 너에게
모질게 이별 통보를 했었지.

그때는 정말 미안했어
진심으로...

나는 네가 궁금한데
너도 내가 궁금하니?

사랑을 하고 사랑을 받는다는 것은
서로 태양을 느끼는 기분

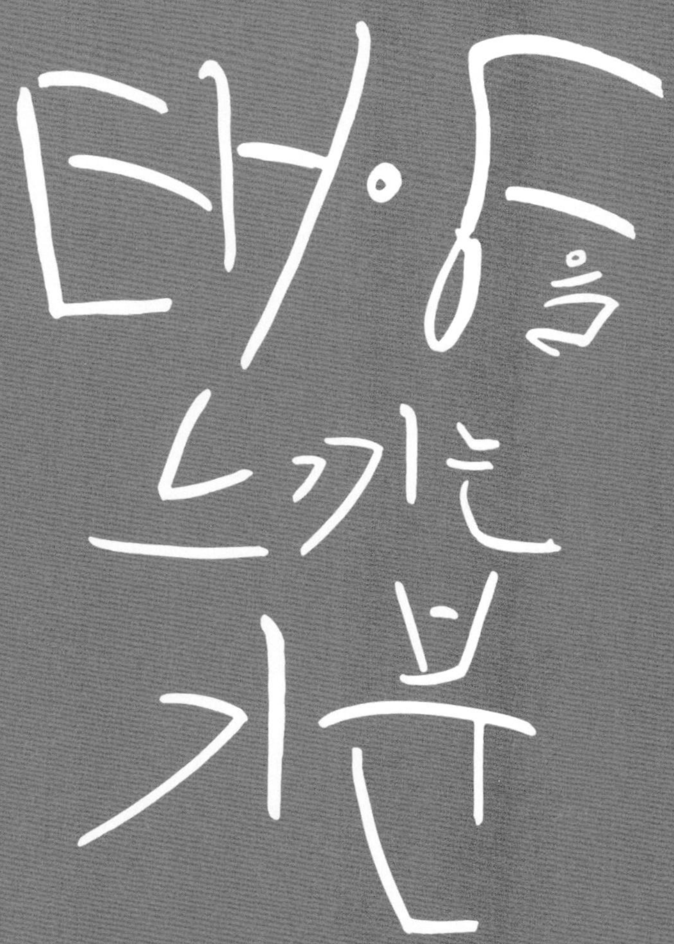

쿨하게 돌아선 뒤에 울어본 적 있니?

나를 만날수록
그녀의 모습이 더 또렷해진다고
그녀를 잊을 수 있을 거라 생각했는데 그게 아니었다고
이별을 고했던 너

이별 선물은 왜 준비했니?
얼떨결에 그걸 받고 돌아선 내가 더 초라하잖아.

나쁜 놈! 너 나쁜 놈이야.
다른 여자 만날 때는 지난 추억 모두 접어둘 수 있을 때 만나.
또 다른 사람 가슴에 멍들게 만들지 말고.

헤어지고 잠실행 지하철을 타야 하는데 반대로 탔지 뭐야.
너무 당황했나 봐.
'왜 저쪽으로 가지?' 싶었을 거야.
쿨한 척했지만 지하철에서 내려 많이 울었어.

잘 사냐?
나 차고 갔는데
잘 먹고 잘 살아야 되지 않겠어?

쿨하게 돌아선 뒤에
울었던 적 있니!?

조금..
더 많이
사랑했다고
그리워
하지 않을게

이놈의 메모리를
까먹지 말아야 될 때는
꽂아 놓고 그냥 오고

잊으려고 노력할 때는
또렷하게 생각나는-

넌
로맨티스트
였고
난
리얼리스트
였다

우리가 하나가 될 수 없었던 이유

영화나 드라마에 보면
잘도 스쳐 지나가던데
길에서 한번쯤 만날 수도 있는데
우리에게 그런 우연은 안 생기네.

네가 가끔 생각나.
어떻게 사는지
무얼 하는지

어떤 때는 너의 이름 석 자
네이버 창에 검색도 해보고,
싸이월드에서 찾아보기도 했어.

술에 취하면 생각나서 전화할까봐
전화번호와 이메일을 삭제해 버렸지만
한동안 또렷이 기억나서 많이 힘들었어.

소설을
살고라도
지낼걸
그랬어
같은
친구
남았으면
좋았을걸
그렸어

미안할 일을 하지 말지
미안하다고 말하는 사람 정말 싫다!

오해에서 세 걸음 물러나면
이해가 되고

이해에서 이해를 더하면
사랑이 된대.

사랑이 상처가 되면 안 되는데
가까울수록 더 잘해야 하는데 미안해.

앞으로는 더 잘할게.
사랑해!

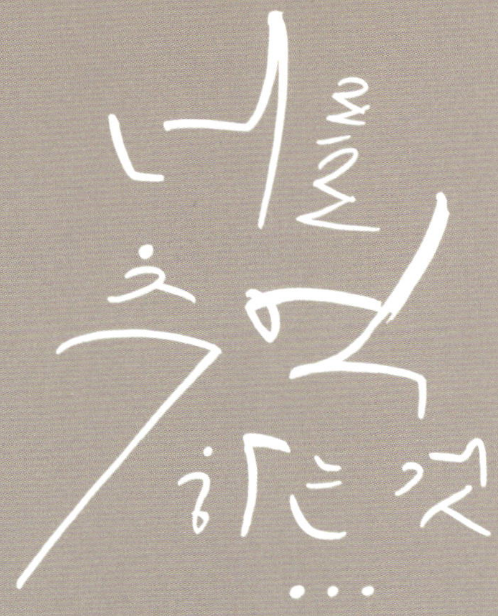

너와 걷던 종로 거리
너와 갔던 조지 윈스턴 공연
너와 먹던 떡볶이, 붕어빵
네가 즐겨 입던 체크남방
너와 갔던 강릉 바닷가
너와 봤던 영화
네가 주었던 책, CD

모두 다 추억해.
모두 다 기억해.

너도 기억하니?

첫사랑과 결혼한 친구는
첫사랑과 결혼했다고 가끔 자랑한다.
"비가 와도, 낙엽이 져도 그리움이 없어서 좋다고."
나는 속으로 생각했다.
'첫사랑과 결혼하는 거
그것처럼 안타까운 일은 없을 걸?'

사랑의 경험이 있어야
나와 정말 잘 어울리는 사람을 찾을 수 있고,
사랑 때문에 아파도 해봐야
내 곁에 있는 사람이 정말 좋은 사람인가도 알 수 있다.
아픈 상처, 쓰린 기억, 힘든 추억은
마치 오래오래 살아야 될
네 집을 짓기 전 주춧돌을
차곡차곡 쌓아 올리는 작업인 거야.

경험도
추억도
없다면
그 인생은
모래 위에
지은 집과
같다…

사랑은
용기 있는
사람만의
특권이다

오랜
사랑 끝에
얻은 상처가
너무 깊어
새로운
사랑
만나기가
두렵니?

이별의
아픔이
너무
혹독해서
그 사람을
계속
가슴에
가두어두고
있니?

그녀가 잔인하게 너를 뻥 차고 가서
가슴에 구멍이 났다면
구멍을 메우는 방법은
새로운 사랑을 찾는 것뿐이야.
용광로처럼 뜨겁게 사랑해서
구멍 난 마음에 땜질을 시작해.

보란듯이
보여주게
잘 지내고
있다고
너 없이도
이렇게
행복하게
살고
있다고…

남자친구가 왜 너를 떠나는 줄 알아?
소프트웨어적으로 생각해볼까?

네 생활을 누군가에게 간섭받는 게 싫구나?
자아가 너무 강하면 세상 힘든데-

남자의 단점에 너무 단호한 거 아니야? 조건만 따지고.
너도 아주 완벽하진 않아.

연애할 때 인간 올가미로 변하는 거 아니지?
정도 넘는 간섭, 구속! 병이야, 그거.

나만 생각하는 이기적인 성격?
자기만 아는 여자 받들고 살기 얼마나 피곤하겠어.

밑밥을 너무 안 던지는 것 아니니?
이 사람이다 싶다면 '사랑'까지는 네가 말하고
'해'는 남자가 말해도 괜찮아.

남자친구가 왜 너를 떠나는 줄 알아?
하드웨어적으로 생각해볼까?

가슴보다 배가 더 나온 거 아니지?
우리도 대머리에 키 작고 뚱뚱한 남자 NO 하잖아.

데이트 때 마다 떡진 머리, 쌩얼, 늘어진 티셔츠?
일도 좋고 돈도 좋지만 자기관리도 좀!

어장 관리하면서 실속 못 차리는 거 아니지?
집중력 떨어지잖아. 곤란해.

과도하게 들이대는 스타일 아니지?
헤프게 보일 수 있잖아. 매력 없어.

혹시 껄렁대면서 말하는 스타일 아니지?
말끝마다 대박~ 존나~ 지랄~ 재수~ 조폭 딸 같잖아.

후딱 지나가는 게 청춘이야.
연륜만큼 연애 경험이 있어야지.

서른 다 되서
“저 처음 연애해요”라고 말하면
어딘가 이상해 보이잖아?

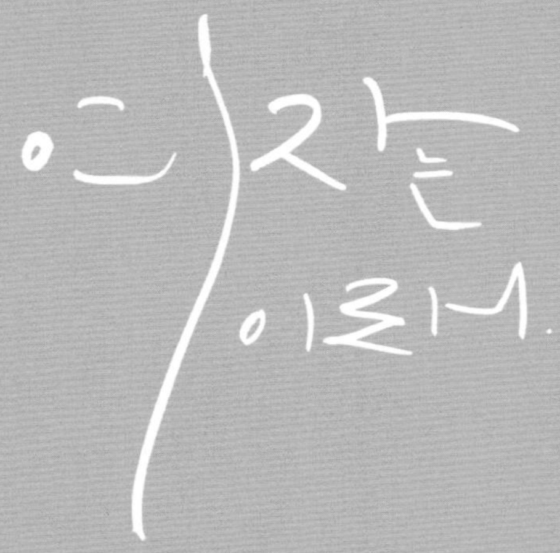

잘못한 것도 없는데 너한테 막 짜증내?
그녀는 생리 1주일 전이야. 폭발할지도 몰라. 그냥 좀 받아줘.

그녀가 킬힐이나 굽 높은 신발만 신어?
신발 벗고 먹는 데는 들어가지마. 이유는 알지?

그녀가 선배나 상사 뒷담화를 시작했다면
그냥 같이 맞장구쳐 주면 돼.
그녀는 지금 시시비비를 가리고 싶은 게 아니거든.

매번 집이 엄해서 10시까지는 들어가야 된다고 해?
'지금 더 좋은 사람 없어서 만나는 거지. 너는 턱도 없다'는 뜻이야.

만난 지 얼마 안됐는데 친구, 언니한테 소개시켜준대?
객관적으로 평가받고 싶은 거야. 여자들 은근히 팔랑귀야.

있을 때 잘해.
죽도록 매달려도

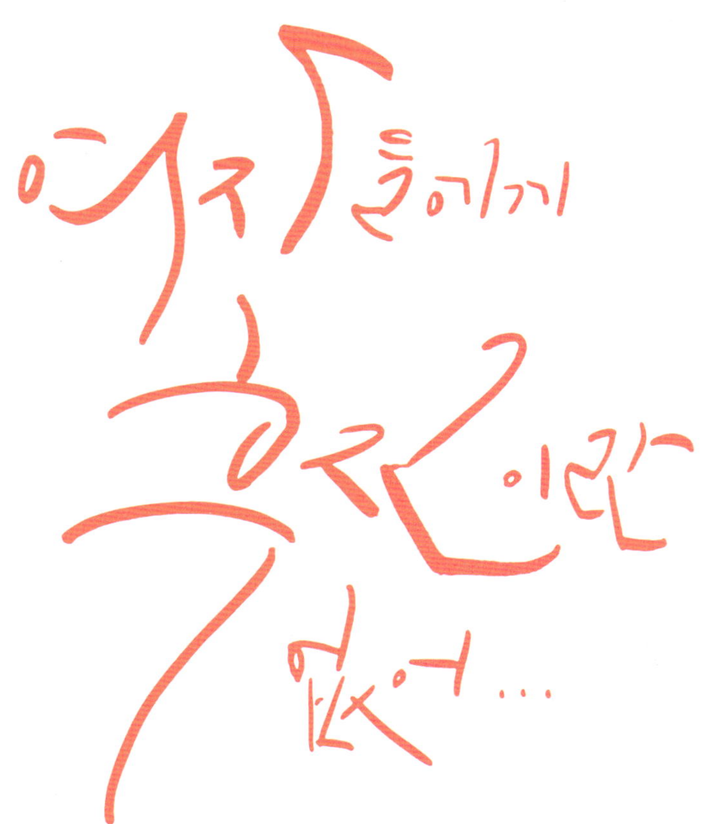

왜 이제 나타난 거야? 어디 숨어있다가...

너를 만나기 전에도 나는
널 매일 생각했어.

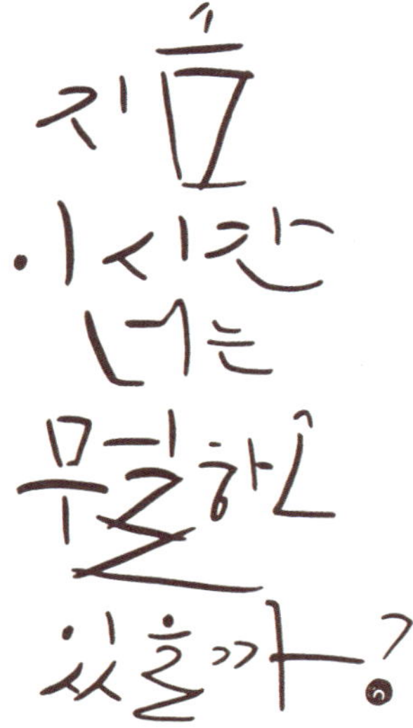

네가
기다리던
그
한사람
그게
너였어!

난 너의
모든걸
첫눈에
알아봤지

처음 만난 날, 흰 눈이 펑펑 내리던 12월 24일 강남역 생각나?
우리는 어색함 없이 많은 이야기를 나누었어.
이상하게도 아주 오랜 친구처럼 느껴졌어.
그 순간도 아쉬워 강남에서 자양동까지
3시간 동안 펑펑 내리는 눈을 맞으며 걷고 또 걸었지.

그날 크리스마스이브가 아니었다면
그날 흰 눈이 펑펑 내리지 않았다면
그날 3시간 동안 손 잡고 같이 걷지 않았다면
그래도 우리는 짝이 되었겠지?

나는 당신의
편안함과 부드러운 카리스마가 좋았고,
따뜻한 배려와 매너가 좋았고,
그간 살아온 당신의 지혜와 용기도 멋졌고,
무언가에 집중할 때의 옆 모습도 멋졌어.

처음 청혼했을 때 거절했던 거 미안해.
결혼을 한다면 당신과 하고 싶다고 막연히 생각은 했지만
막상 현실로 다가오니 두려웠어.
결국 나는 당신의 아내가 되었지만–

깊고 긴 겨울 끝에 오는 봄날처럼
너와 나는 우리가 되었지.

긴 겨울 끝에 오는 봄처럼

언제나 내 생각부터
먼저 해주는 당신은

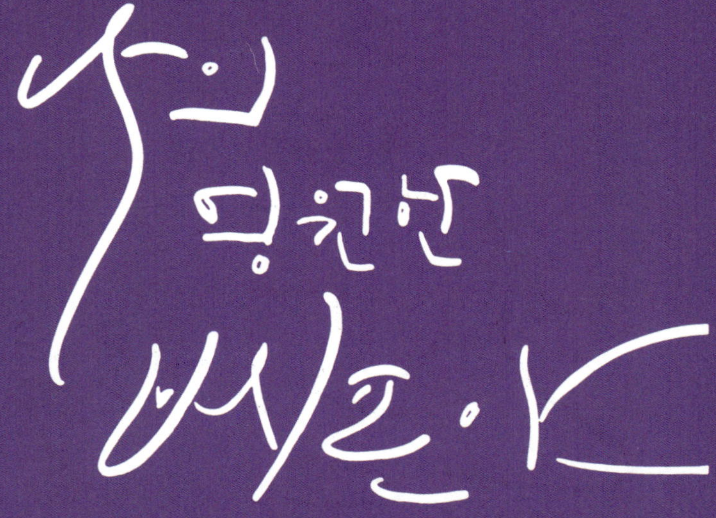

표현하세요.
표현하지 않으면 사랑이 아니래요.

배려하세요.
그 사람을 좋아하는 최상의 방식이래요.

사랑하세요.
그 사람이 얼마나 좋은 사람인지 알잖아요.
처음 사랑을 시작했던 그때 그 마음처럼.

사랑의 첫 번째 의무는
그 사람의 말을 들어주는 거야.

그 사람이
미울 때도 있지요?
힘들 때도 있지요?

말은 안 하지만
그 사람도 그럴지도 몰라요.

표현하세요.
배려하세요.

당신이 아플 때
당신이 힘들 때
가장 큰 버팀목이 될 사람
바로 옆에 있는 그 사람입니다.

지금 사랑한다고 말해주세요.

그 사람의 말을 들어주는 것

사랑은
노화를
방지해
더 젊게
만든다

※ 주의
마음고생으로 인해 그 반대가 될 수 있음!

Wo

chapter 3

시작은
새롭고
시작은
외롭다

막막했다
답답했다
두려웠다

희망, 웃음, 풍족 vs 좌절, 아픔, 결핍
대학 대신 취업을 선택하다.

막막했다. 답답했다. 두려웠다.
그래도 중간 중간 작은 빛을 보고 희망을 꿈꿨다.
그 시절 남들에게는 그냥도 와주는 행운을 스스로 찾겠다고 다독였다.

어른이 된다는 것은
곧..
혼자가 된다는
뜻이야

두려움..
희망없이
존재할수
없고,

희망..
두려움없이
존재할수
없다.

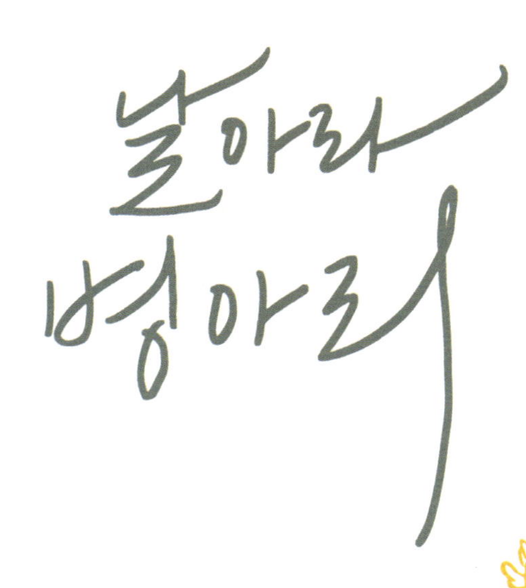

면접 때문에 지하철을 처음 탔다.
물건을 파는 영업맨이 있어서 놀랐고,
지하철이 지상으로 달려 더 놀랐다.

구경하느라 막차를 놓쳤다.
초고층 엘리베이터 때문에 어지러웠다.

그리고 TV처럼 서울 여자들이
다 예쁘지 않다는 것도 알았다.

희망을
품지 않는 자
절망할
자격도 없다

신입

선배들의 군기
반복되는 잡무
적성과 맞지 않은 업무
사표를 던지고 떠난 동기들

**입사만 하면 끝난 줄 알았는데
그건 시작에 불과했다.**

입사만 하면
끝난줄 알았는데..
그건.. 시작에
불과했다

재미없는 일을 미치도록 해야 하는 일은
정말 사람을 미치게 한다.

가슴 뛰는 일을 찾아라.

잘하는 일과
좋아하는 일 가운데
어떤 일을 해야 할지 모르겠다면
좋아하는 일을 하라.

하다가 하다가 보면
잘하게
되니까

가고 가고 가는 중에
알게 되고
행하고 행하고
행하는 중에
깨닫게 된다

…도덕경

인생에서
가장 큰 행운은
평생 해야 할 일을
자신이 좋아하는
일에서 찾게된 것이다

잡무 중 하나에 꽂히다

손글씨 광고
배운 적이 없는데 똑같이 써졌다.
내 안의 다른 잠재력
그 일이 좋았다.

좋아서 자꾸 하다 보니
더 잘할 수 있었고,
잘한다 잘한다 하니까
그것만 하고 싶어졌다.

영업팀을 떠났다.

좋아서 자꾸 하다 보니
더 잘할 수 있었고,
잘한다고 하니까
그것만 하고 싶어졌다

용기 있게 살아라.
행운이 따라주지 않으면
열정으로 불행에 맞서라.

광고부서로 옮기다

문 열고, 붓 빨고, 물통 씻고, 종이 옮기고, 녹차 타고
제시카 알바도 울고 갈 것 같은
'재, 시켜. 말단!' 업무를 오토머신처럼 척척 해냈을 때
뭔가를 좀 배웠다.

마음에 맞지 않는 사람과 하루 종일 같이 해야 한다는 것
낙하산 동료와 같이 일하는 고통은 당해 본 사람만이 안다.
우아하게 하늘에서 내려 왔지만, 실력과 개념은 바닥
일은 좋았지만 사람 때문에 고달팠던 2년이 바람처럼 지나갔다.

정말
아니다
싶으면
뿌리쳐라

직장의 신이 될래?
상사의 밥이 될래?

나도 살아야 되는데
밥이 될 수는 없잖아!

이기주의란

내가 좋아하는 대로 사는 것이 아니라
상대에게 내가 좋아하는 방식을 강요하는 것이다.

사탕 발린 아부나 칭찬이 아닌
분별 있는 생각과 의리가 있는
동료만이 마지막까지 같이 간다.

현명한 결정은 경험에서 나오고
경험은 잘못된 실수에서 나온다.

가릴 것 많고
참을 것 많고

일 안 하고
짝 찾다가
험난하게
짝이 없는
사내연애!

아주 멀리 가서 만나야 될 때
맨날 이게 뭐야! 007작전도 아니고.

잘못해서 상사한테 욕먹을 때
쥐구멍이라도 있으면 들어가고 싶어.

야근해서 퇴근시간 다를 때
나도 잔업 만들어서 의리 지켜줘야 하나.

다른 남자 선배가 대시할 때
나 이렇게 인기 있어. 있을 때 잘해.

예쁜 후배가 대놓고 꼬리칠 때
은근히 즐기고 있는 모습. 속에 불이 나!

동료들한테 자꾸 소개팅 들어올 때
나갈까 말까? 그런 이야기는 살짝 하는 센스.

나는 거절했는데 그는 미팅 나갈 때
일이 손에 안 잡혀. 이 배신감 어떡하나?

남들이 그의 욕할 때
그 사람 그런 사람 아니거든요?

헤어졌을 때
불편하고, 민망하고, 마음 아프고.

사내 연애는 가능하면 안 하는 게 좋고
죽고 못 살겠으면 신중히 하는 게 상책!

내 친구네 커플은
꽁꽁 숨기고 사내 연애하다가
야구장 관람석에서 TV에 생중계 되었다.
결국 결혼해서 잘 산다.

안 된다고
좌절할 때가
바로 노력할
절호의 시기이다

신입 시절은 우왕좌왕 지나가고
2년 차는 정신 없이 지나갔다.
3년 차 넘어가니 회사도 일도 싫어진다.
이후 더 잦은 간격으로 오는 이놈

연애하기
친구 만나기
여행
휴가
다 좋지만 '단기처방'

인사 이동
승진
이건 가장 확실한 '장기처방'이지만
내 뜻대로 될 리 없다.

내가 택한 슬럼프
극복법은
촌스럽지만
자기계발
이었다

2년간의 영어공부
예상하지 못한 순간에 그 가치를 발휘했다.
디자인과 입학 후,
학기마다 들어야 했던 필수과목 영어가 전 학기 올 A+
자기계발은 장학금이라는 보너스로 돌아왔다.

무소의 뿔처럼
혼자서
가라

모퉁이를
돌아서면
선물처럼
있을 거야

성공은
열심히
노력하는
자에게
온다

노력하지 않고 먹는 것은
나이밖에 없다.

몇 번 실패했다고
거절당했다고
무시당했다고
움츠러들지 말자.

그렇다고
인생이
끝나는 건
아니잖아
...

이기주의자

자신의 영악함은 숨기되
밉지 않은 이기주의자가 되라.

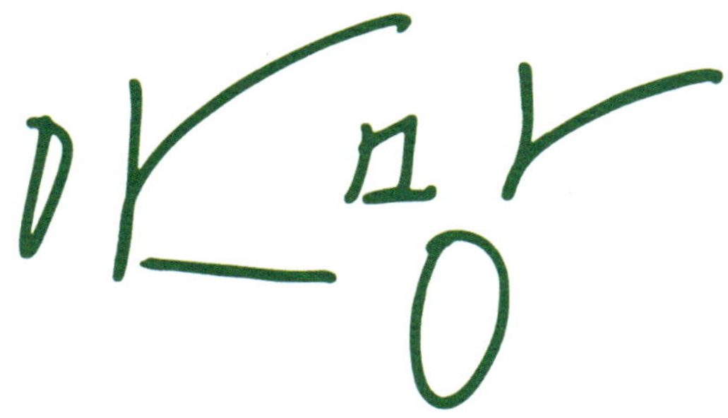

20대에 야망이 없다면

30대에 절망이 있을 뿐이다.

입시미술 1년
디자인 공부 2년 또 2년

am 06시: 기상
am 07시: 출근
pm 5시 30분: 퇴근
pm 6시: 등교
pm 9시 30분: 하교
am 1시 30분: 귀가 및 과제

언제 잠들었는지 새벽 6시에 일어나면
아크릴물감에 붓이 모두 굳어있었다.
아이돌 못지않은 살인적인 스케줄

그때 나는 이 일에 미쳐있었다.
내가 좋아하는 일을 한다는 것,
늦은 공부가 이렇게 값지다는 것을 처음 알게 되었다.

사회생활이 물 흐르듯이 흘러왔다면
몰랐을 일이고, 결코 더 잘하지 못했을 일이다.

그때 나는
이 일에
미쳐있었다

서른 인생 2막

다행히도 내 유전자는
회사에 뼈를 묻는 회사 골수형 DNA로
바뀌지 않았나 보다.
10년을 채우면 준다는
금 10돈, 결혼 유급 휴가,
적지 않은 경조금, 그간 뿌렸던 축의금
모두 미련 없었다.
입사 10년을 3개월 앞두고 사표를 던지고
서른, 인생 2막을 계획했다.

내가
믿을수 있는
것이라고는
나자신
뿐이었다

후회하지 마라

성공했다면 멋진 일이 될 것이고
실패했다면 경험이 될 것이다.

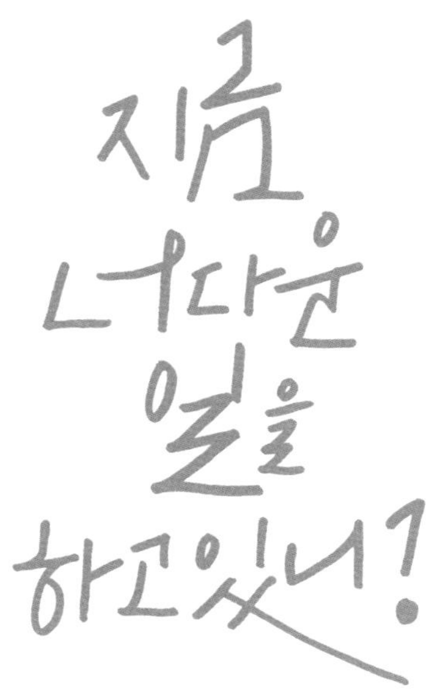

나다운 일이 아닌 것에
나를 구겨 넣어봤더니
괴롭고 힘들더라.
비전이 없더라.

퇴사 자유

퇴사
그리고 자유

2002년 월드컵
페이스페인팅으로
하루에 200만 원씩
만 원짜리 지폐가 수북이 쌓였다.
날아갈듯 자유롭고 즐거웠다.

인생은
게임처럼
규칙이
있는건
아니다

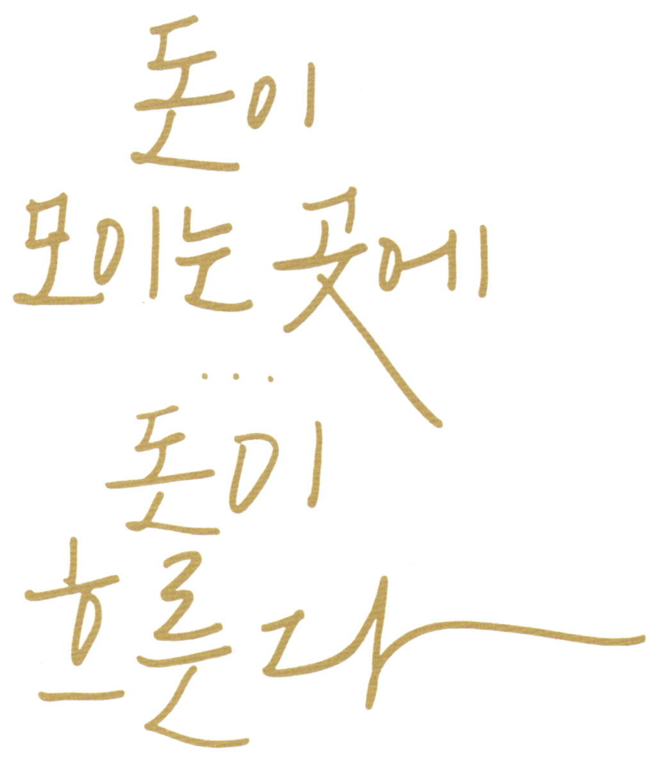

돈이 모이는 곳에 돈이 흐른다.
많이 일하면 많이 돌아오고
적게 일하면 적게 돌아오고
월급 받을 때 몰랐던 그 맛을 알게 되더라.

도전은
인생을
재미있게
한다

도전은 인생을 재미있게 하고
극복은 인생을 의미있게 한다.

아무도
가지 않았던
그 바다는
황금어장
이었던
것이다

창업 그 후 10년
피오피, 초크아트, 캘리그라피

작업
강의
작업
강의

사람들이 '누가 손글씨를 돈 주고 사냐'고 했던 시절부터
나의 무모한 도전은 시작되었다.
힘들었지만 좋았고, 좋아하는 일을 하다 보니 버틸 수 있었다.

특히 피오피는 내게 뜻 깊다.
디자인에서 소외된 분야였으므로 디자인을 몰라도 하고 싶어 하는
많은 사람들이 나를 찾아주었다.

많은 사람들과 만나고
많은 사람들과 일했다.

블루오션
아무도 가지 않았던 그 바다는 황금어장이었던 것이다.
반전 드라마처럼.

난…
그들의
꿈이
되었다.

캘리그라퍼라는 직업에 신기해하던 시절부터
방송국에서 자주 연락이 왔다.
많은 이들에게 나의 직업이 소개되었고,
이것을 계기로 난 그들의 꿈이 되었다.

그중에도 KBS의 '남자의 자격' 촬영은 의미가 깊다.
불경기인 손글씨 광고 시장을
2년 정도 떠받쳐 준 계기가 되었기 때문이다.

젊은 날, 미술에 대한 아쉬움이 있었던 김국진 씨는
피오피에 도전하면서 자격증에 도전하기도 했다.
그가 사무실에 와 많은 시간을 보내는 것에 사실 조금 놀랐다.
김국진 씨는 '연예인은 이럴 것이다'라는
나의 선입견을 깨준 사람이었다.
그는 카메라를 의식하지도 않았고
남을 많이 배려하고, 포근한 참으로 인간적인 사람이었다.

좋은 추억을 만들어준 그에게 감사한다.
앞으로도 쭈욱 잘나가는 방송인이길 바란다.

가장 위대한 창의성은
자신을 바꾸는 것이다.
깊거나, 넓거나, 멀리 볼 수 있도록!

이건 이렇게
저건 저렇게
요건 요렇게 하면 어떨까?

나는 생각도 많고
아이디어가 많은 편이다.

교육에서 왜 창의력을 외치는지
일을 하면서 백배 공감한다.

무에서 유를 창조하고
무에서 유를 기획하면
공(空)에서 부를 얻을 수 있다.

앞이 보이지 않을 때
서둘러 '안녕'이라고 먼저 돌아서는 자를
가까이 하지 마라.

사회에서 만나는 사람들
너무 급하게 다가가면 멀어지고
너무 급하게 다가오면 부담스럽다.

서서히 조금씩 친해질수록 더 오래 간다.
과장되게 다가오는 사람 중에
일만 시키고 연락 두절되는 경우도 있었고
뒤통수를 치는 경우도 있었다.
그런데 큰 바람 없었던 작은 인연을 소중히 했더니
나중에는 큰 기쁨으로 돌아왔다.
인연은 때론 생각지도 못했던 곳에서 오는 법.

逐鹿者不見山
사슴을 쫓는 사람은 산을 보지 못한다.

사회생활을 오래하다 보니
눈앞의 이익만 생각하고 당장의 결과만 생각하는 사람들이 보인다.
특히 사회 경험이 짧을수록 그렇다.
사람의 소중함을 모르는 이들을 보면 안타깝다.

사람이
돈보다
소중하다

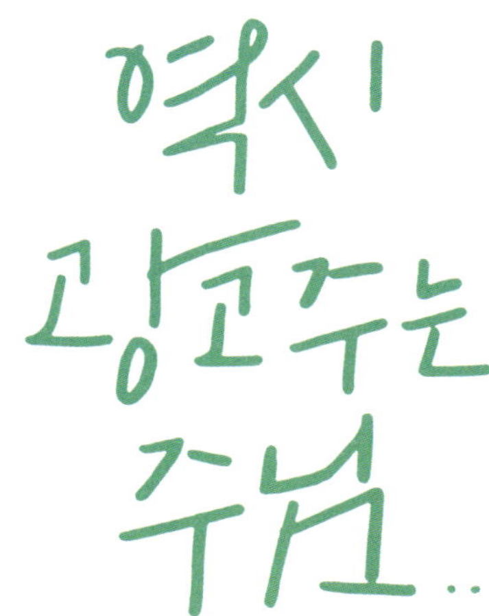

3가지

이건 내가 원하는 시안
이건 네가 원하는 시안
하나는 요즘 잘나가는 시안

아무리 제시해 보지만
끝까지 네가 원하는 걸 고집하는 고지식한 클라이언트.
네, 고객은 왕이세요.
문제는 그렇게 가다가 결국 처음으로 되돌아간다는 것이 함정!

역시 광고주는 주님!
주님은 정녕 제 인내력의 한계를 시험에 들게 하시는 것입니까?

손이 머리를 안 따를 때
몸이 마음을 안 따를 때
팬이 감각을 안 따를 때
충전이 필요하다.

30분이면 할 것을
3시간 동안 실수 연발, 멍만 때리고 있게 된다.

피로는
창의력을
잡아먹는
괴물이지

돈을 좋아하는 사람인지
일을 좋아하는 사람인지
눈을 크게 뜨고 보라!

일로 보내는 시간이 소중한 것이 아니라
시간을 보내는 일 자체가 중요하다.

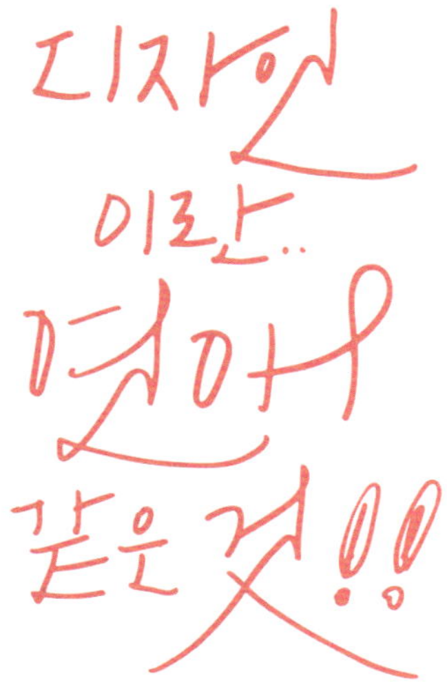

디자인이란
나만 좋아도 안 되고
너만 좋아도 안 되는
연애 같은 것!

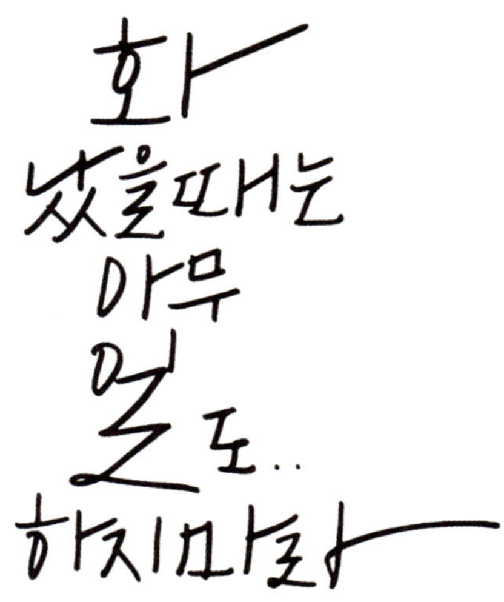

화 났을 때는 아무 일도 하지 마라.
분명히 하는 일마다 잘못될 것이다.

기분따라 오락가락
날씨따라 우왕좌왕
피곤하면 엉망진창

넌 아직 멀었어.

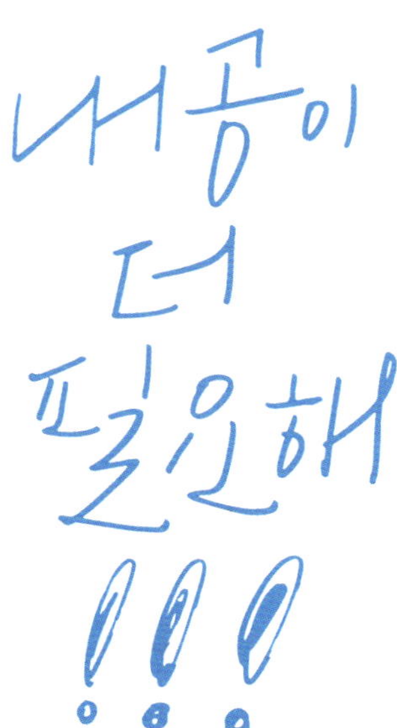

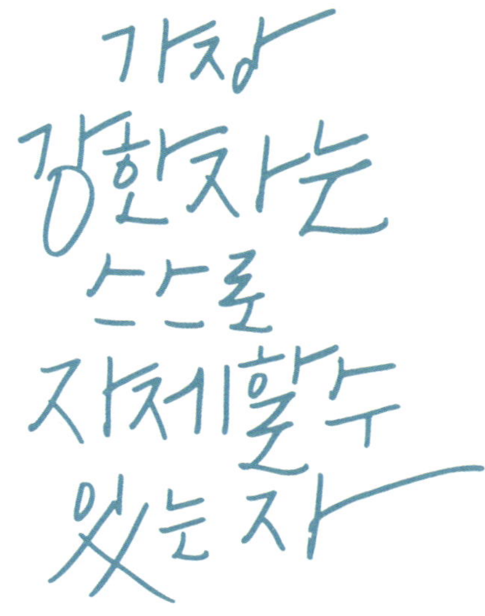

가장 강한 사람은 스스로 자제할 수 있는 자이다.
그들만이 살아남는다.

간절히 원하면 이루어진다

간절히 원하니
마음이 말하더군요.
원하면 해보라고.

마음이 시키니
몸이 움직이더군요.

기적처럼 이룬 게 아니라.
차곡차곡 쌓아서 갔더니
이루어지더군요.

늘 유연하라

자신만의 생각에만 빠져 사는 것은 노인과 같다.
그 깊이가 깊거나 그 힘이 강하더라도 틀릴 수 있음을 알라.
항상 유연하라.

처음 본 사람
웃음으로 맞이하라.

외로운 사람
따뜻하게 감싸주라.

불안해 하는 사람
카리스마로 리드하라.

못 믿는 사람
실력으로 압도하라.

하루에도
천만가지
표정으로
천만가지
마음으로
일하라

chapter 4

mily

食 먹을 식
口 입 구

같이 밥 먹는 사람들
'가족'이란 말보다 더 예쁜 말
식구

아주 친한 친구가 아니라면
숨기고 싶은 가족사가 아니라
즐겁고, 화목한 일들만 말하고 싶다.

인생에 행복만 있다면 좋으련만 지금의 나는 아니다.
엄마, 아빠와 생전 처음으로 갈등하며
힘들게 한 해를 보내고 있는 중이다.
더 많이 힘들었는데 마음에 힘을 빼고 있는 중이다.
어쩌면 무언가를 뚫고 나오려고 버둥거리는 한 마리 애벌레와 같다.

내 생각에는
조금 더 성숙해지기 위한 냉전이지만,
부모님 생각에는
일종의 반항 같기도 할 것이다.

한두 달에 한번 꼴은 뵈었다.
하루 한번 안부전화를 드렸다.
늘 기다리시니까.
할 말이 없어도 "엄마, 뭐해?"라고 전화해
주저리주저리 엄마 수다를 들어주었는데-

지금은 뵌 지 10개월이 되었고,
오는 전화만 받다가
두어 달 전부터 아주 가끔 전화를 드릴 뿐이다.

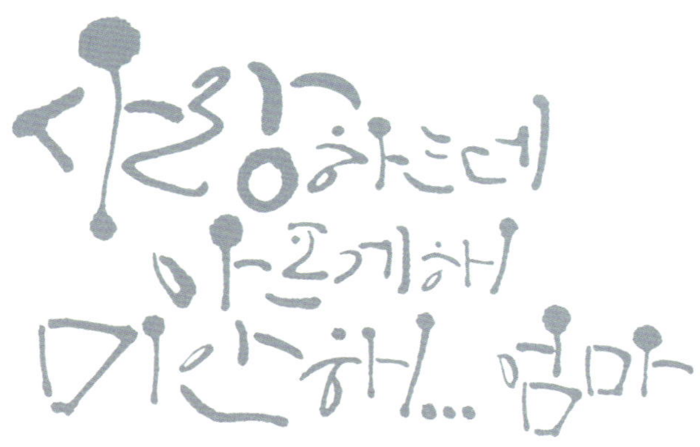
사랑하는데
아프게해
미안해... 엄마

모진 엄마를 고치려고
엄마를 나무라고 상처주기를 반복하다가
내 마음을 잠깐 놓아보기로 했다.

내가 엄마의 소중함을 알고, 엄마도 나의 소중함을 생각하는데
기한을 1년으로 정했는데 두 달이 남은 셈이다.
책이 나올 때쯤 엄마에게 내려가 있을지도 모르겠다.

처음에 비하면 지금은 마음이 많이 비워진 것 같기는 하다.
기억하려고 하니 힘들고, 글을 쓰려니 더 아프지만
이를 터닝포인트로 툭툭 털어버리고 싶다.

울컥!
주책 맞은 눈물
원고 빨리 마감해야 하는데-
주책 맞은 눈물

돈 아끼지 말기!
자식들은 더 잘 먹고 다녀요.

일 적당히 않기!
나중에 몸져누워 계시면 당신만 서러워요.

걱정하지 말기!
걱정 사서 하지 말고 이제는 좀 얼굴 펴고 사세요.

세상 모든 엄마들은
살아있는 동안 자식의 몸을 대신하길,
돌아가신 뒤에도 자식의 몸을 지키길 바란다.

엄마가 억척을 떠는 것을 보면
많은 생각을 하게 한다.
엄마도 한 송이 꽃 같은 꿈 많던 소녀였을 것이다.

엄마는 글을 모르신다.
얼마나 불편하실까?
글을 '못 읽으시는 엄마'가, 삶의 지혜를 '못 읽으시는 엄마'로 보인다.
하지만 필요성도 못 느끼신단다.

당신이 초등학교를 입학하자마자 많이 아파서
학교를 몇 개월 못 가고 그만두었다고 한다.
그래서 당연히 글도 못 배우셨고,
책을 읽고 마음을 다독일 줄도 모르신다.

나는 너무 안타까워 글을 배우시라고 부득부득 엄마랑 싸운다.
아빠한테 배우거나, 복지관 가셔서 배우시라고.
전화해서 등록까지 할려고 했지만
이젠 머리에 안 들어가는 나이라고 끝까지 거절하신다.

아빠 먼저 돌아가시면 불편해서 어쩌려고.
우편물 하나 와도 자식들 다 나와 있는데 어쩌려고.
어떤 분들은 칠십 넘어서도 글 배우고 대학까지 다닌다고
설득하고 싸웠지만 엄마를 당해낼 수는 없다.
내가 책에 엄마이야기를 이렇게 써도 엄마는 모를 것이다.
또 눈물이 난다.

일만 하는 엄마 대신
어쩌다가 내려가면 온 집안 뒤져
부엌이며, 욕실이며 집 청소를 하죠.

난 엄마 딸이니까.

냉장고에 곰팡이 핀 반찬이며 야채도 버리고
글 모르는 당신을 위해서
냉동실에 쌓이고 쌓여 찾지도 못하는
생선, 고기, 야채 분리해 지퍼백에 넣어
물고기, 소고기, 배추 그림을 매직으로 그려서 정리하고 올라왔죠.

몇 달 뒤 내려가서 봤더니,
못 읽으시는 글씨 대신 그린 건데
냉동실 성애 때문에 더 못 알아보는 그림으로 번져 있었죠.
나 혼자 그냥 웃기고도 슬펐죠.

오늘도 울컥 엄마 생각이 많이 나네요.

일하고 남는 시간, 자식 건강 걱정하고,
또 남는 시간은 자식 앞날 걱정한다.

할아버지가 노름빚으로 있던 땅도 다 팔아 집안을 말아먹었을 때
빚쟁이들은 집으로 찾아왔고, 엄마는 생활고로 친척집에 돈을 꾸러 찾아갔다.
우리는 잘 얻어 먹으라고 외갓집에 보내지기도 했었다.

건달 할아버지와 어리숙하셨던 할머니, 증조할머니까지.
엄마와 우리 4남매를 남겨두고 아빠는 중동 해외 파견근무를 가셨다.
그때 아빠가 보내셨던 한 묶음 되는 편지들은 정말 눈물이 나서 못 읽는다.

우체부 아저씨가 국제 우편을 가져오는 날이면
까막눈 엄마에게 8살 된 언니는
한줄 한줄 깨알 같은 아빠의 사랑을 읽어주었고
6살, 4살, 3살 우리는 옹기종기 앉아 들었다.

우리들은 하늘에 비행기가 지나갈 때마다
'아빠다, 아빠!' 하고 손을 흔들었다.
그때는 몰랐지만 우리 모습을 보고
엄마는 흐르는 눈물을 막지 못했을 것이다.

막내 동생이 태어나자마자 사우디아라비아로 가신 아빠는
4년간 일하시고 까만 사람이 되어서 돌아오셨다.
막내 동생은 한동안 까만 아빠한테 '아저씨'라고 불렀다.

남편 없이 시부모, 시조모 종가집에 4남매까지
내가 여자가 되어보니 엄마가 어떻게 살았을지 가슴이 메인다.
아빠는 처자식 때문에 쉬지 않고 일했을 것이다.

9호선 공사가 한참이던 몇 년 전
지하도 아래에서 일하는 해외 근로자들을 볼 때면
아빠 생각에 눈물이 먹먹했어요.

눈부시게 빛나던 젊은 날의 아빠 뒷모습이겠죠?

모든 아빠들은
우리 때문에 버티고, 또 버틴다.

아빠는 해외 근로를 마치시고 돌아와 농사를 지으셨다.
그렇게 사는 게 당연하셨겠지만
아빠는 쉴 줄도 모르고 일만 하셨다.
저녁에 뉴스나 드라마를 보는 것이 유일한 여가다.

아빠는 친구를 만날 줄도 모른다.
일하다가 힘들면 소주 한 잔으로 달래고 또 일하러 나가셨다.

아빠는 음주 가무도 모르신다.
룸살롱 간판을 보고, 아빠도 남자일 텐데 목석 같다고 생각한 적이 있다.

당연히 여행 가실 줄도 모르신다.
삶의 여유라고는 조금도 없이 달려오신 분이니까 당연하다.

위암수술을 하셨을 때에도 계속 일하셨다.
의사의 말도 무시하고, 과수원, 논, 밭 팔 수도 없다고 쉬지 않으셨다.

일하고 또 일하셨다.
아빠, 삶의 고단함을 이제는 좀 내려 놓으세요.
이제는 그래도 되잖아요.

아빠, 사랑합니다!

웃는 모습이 멋진 아빠였는데,
언제 이렇게 많이 늙으셨어요?

학창 시절 지긋지긋한 기억, 담배 농사다.
담배나무를 밭 가득 키워
그 이파리를 따 새끼줄에 꿰어서
흙벽으로 지은 높은 건조실에
높이 올라 매달고 1주일간 열에 쪄서 내는 일이었다.
학생이니까, 시험기간이니까 봐주는 것도 없었다.
닥치는 대로 다 나가서 일해야 했다.
손톱 밑에 까만 담뱃진이 끼는 게 싫었고,
담뱃진이 손과 옷에 끈적이는 것도
그런 일을 해야 하는 것도 싫었다.

그런데 그 일을 다 해내고도
밥 짓기, 빨래, 청소, 설거지, 우리들 도시락까지
엄마가 그걸 다 하고 살아왔다는 것을
나는 졸업하고, 입사하기 전 6개월 동안 쉬면서 알았다.
6개월 뒤에 엄마가 이 일들을 모두 떠맡을 것을 생각하니
더 많이 해주고 싶었다.
가장 기가 막혔던 것은 9명 대가족의 빨래였다.
담뱃진에 절은 옷과 운동화들

우리 엄마가 평생 이렇게 사셨구나.
우리 엄마가 평생 이렇게 고달프게 사셨구나!

여자는
약하지만
엄마는
강하다

그렇게 6개월 뒤 난 일을 시작했다.
수습기간 얼마 안 되는 첫 월급을 뚝 떼서 세탁기를 사드렸다.
보기만 해도 현기증이 났던 손빨래로부터 엄마를 빨리 해방시켜주고 싶었다.
엄마는 아주 높은 벽돌 위에 세탁기를 모셔두고 13년간 그 세탁기를 쓰셨다.

음악을 좋아했던 아빠 생신 날, 200만 원짜리 오디오를 사드렸다.
중동 근무 때 아빠의 향수병을 달래 주었을 카세트를
돈 때문에 엄마랑 다투시다가 부셔버려서 마음이 내내 아팠었다.
방에 오디오가 들어가니 TV가 너무 초라해서 그것도 바꿔 드렸다.

추운 겨울, 서울에서 내려온 딸을 태우러
오토바이로 달려 오시는 아빠가 불쌍해서 트럭도 사드렸다.
아직도 가지고 계신다.

위암 수술하고 잘 드셔야 하는데
어쩌다 고등어나 한번 살 줄 아는 엄마 대신
아빠 드실 조기를 2두릅씩 사서 몇 년간 보냈었다.
촌에서 고생만 하는 엄마, 아빠가 세상에서 제일 불쌍했다.

언니는 내가 읽지 못하는 여자의 마음을 읽었다.

서울에 있는 병원에 올라 오시면
미용실 모시고 가 머리 해드리고,
목욕탕 가 엄마 돈으로는 절대 못 받는 전신 마사지에
끝나면 죽 집 가서 맛있는 죽으로 허기를 달래드렸고,
쇼핑 가서 엄마한테 어울리는 옷도 사드렸고,
해외여행도 모시고 다녔다.

딸 낳으면
비행기
탄다는
속담을
몸소 보여준
언니

나한테는 짝사랑
이런 짝사랑이 없었다.

못 배우고 시골에만 평생 사셔서
딸도, 아니 여자도 배워야 엄마처럼
고달프지 않다는 걸 모르시는 엄마는
아니, 어쩌면 아시고도 모른 척하셨을 엄마는
한칼에 내 희망을 싹둑 잘라 내셨다.
너 보내면 남동생 둘 중 한 놈밖에 대학 못 보낸다고.
그날 엄마가 나와 같이 울어 주긴 하셨지만
별로 위로가 되지는 않았다.

그간 내가 엄마한테 보냈던 애틋한 사랑과 지극한 정성을 생각하면
엄마의 사랑은 아들한테만 향해 있어서 최근 몇 년간 많이 힘들었다.
엄마는 딸들한테는 받고 싶어했고, 아들한테는 주고만 싶어했다.

남동생들이 학교 졸업하고 직장생활을 시작하면서
부모님께 용돈 얼마 받았냐고 넌지시 물어보면
"머스마들이 술 마셔야지, 담배 사 펴야지. 무슨 돈이 있나?" 하셨다.

그러면서도 나한테는 늘 하시던 대로
손목 관절이 안 좋아 전동칫솔이 필요하다,
누가 신은 뒤축이 둥글둥글한 운동화가 좋다더라,
누가 쓰는 외제 그릴이 갖고 싶다 하셨다.

키워주시고 길러주신 은혜
이 정도야 아무 바람 없이 어떤 대가도 없이 했지만
짝사랑도 이제 끝나 가나 보다.

나는 딸에게
어떤 엄마로 기억될까?

막내 남동생이 결혼을 하면서
엄마의 아들 사랑은 그 본심이 드러났다.
억척같이 일에 묻혀 사는 엄마는 내가 아이를 낳았을 때도 안 올라 오셨다.
언니가 암수술과 항암치료를 여덟 차례 하는 동안 한 차례도 안 올라오셨다.
언니의 마지막 항암치료가 끝난 지 보름도 지나지 않아
막내 남동생이 집을 샀다고 소식을 전하자
집을 처음으로 산 것도 아닌데 득달같이 다녀가셨다.
나는 불같이 화를 냈다.
나와 언니는 가지 않았다.

언니는 몸이 아파서 못 갔고
나는 마음이 아파서 안 갔다.

엄마! 사랑에는 조건이 없어요.
지금 조금 서먹해졌지만
조금만 기다리세요.
제 마음이 돌아갈 때까지 조금만요.

많이 가슴 아파하고
많이 생각하다 보면
더욱 성숙해질 거라 생각해요.

숨기고 싶은 상처는 마음에 흉터만 남긴다고
내놓고 말해야 좋아진다고 생각하는 저는

글로도 주저리주저리 쓸 수 있게 된 때가 된 것을 보니
마음이 조금씩 비워져 가고 있음을 느껴요.
무거웠던 내 마음에 날개를 이제 달아주고 싶어요.

세상에서 가장 큰 사랑도
세상에서 가장 큰 상처도
모두 가족에게 받는다.

기억 지우개

사랑이란 때로는
아는 것도 까맣게 잊게 만드는
'기억 지우개' 같은 것

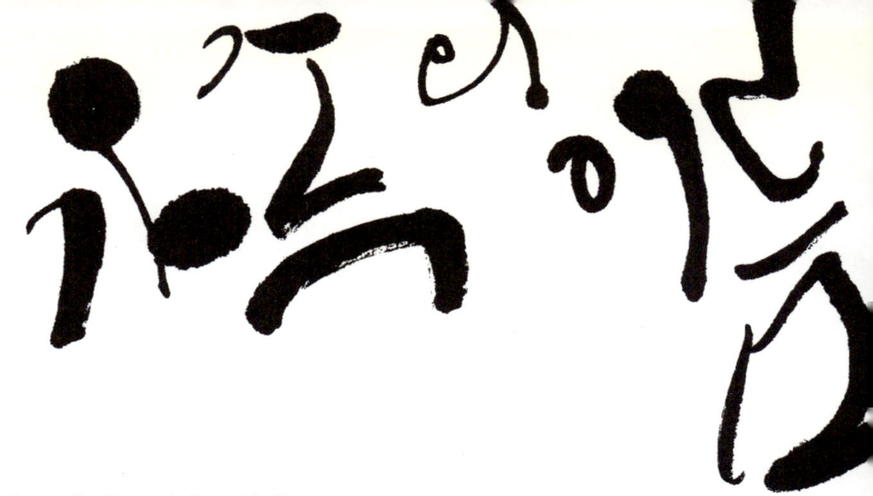

수업 중에 가끔 재미를 위해
가족의 이름
엄마, 아빠, 남편, 아이
혹은 이성 친구의 이름을 써보게 할 때가 있다.

그때 사람들은 긴장하고,
갑자기 머리와 손이 따로 움직인다.

사랑의 감정을 느낄 때
뇌에서 분비되는 호르몬은 마약과 같다고 한다.
갑자기 체면에 걸린 듯 엉망으로 쓴다.

가족한테 보여줄 긴장감 때문이기도 하겠지만
글씨의 공식이 늘 깨지는 것을 보면
'저 글씨는 사랑하는 사람의 이름이구나!'
나는 바로 알아챈다.

사랑하는 사람, 사랑하는 가족이 있다는 것이
새삼 행복하다는 것을 깨닫는 순간이다.

김치찌개
된장찌개
…
계란프라이

김치찌개
된장찌개
…
계란찜

김치찌개
된장찌개
…
계란말이

자기도 힘들지?
나는 더 힘들어.
오늘은 외식하고 싶다.

왜 이토록 오래
엄마를 기다리게 했니?
왜 이제야 와주었니?

결혼 후, 오랫동안 아이가 생기지 않았다.
불임검사에 이상도 없었고, 건강했는데 말이다.
아이가 없으니 일에 집중할 수 있었지만,
일에만 몰두하다 보니 아이가 더 생기지 않았다.
결혼 후 일을 그만 두고 아이만 키우는 친구들 또한 고민을 토로했지만,
나 또한 위축되어 갔다.

친구들의 임신 소식에 축하하는 마음이 들면서도 좌절했고,
부부 모임, 가족 모임 심지어 명절 때 시댁에 갈 때가 되면 불안해졌다.

많은 핑계들을 이유로 몇 년간 미루어 왔던 인공수정과 시험관 시술 시작.
규칙적으로 병원 다니는 일, 매일 맞는 근육 주사, 만만치 않은 비용
사실 이런 것들은 하나도 힘들지 않았다.
실패할 때마다 느끼는 그 좌절감에 비하면.
결과 날 11시만 되면
합격을 기다리는 고시생처럼 형 집행을 기다리는 죄수처럼
내 심장은 요동쳤다.

'여보세요?' 첫 톤만 들어도 직감할 수 있었다.

그러던 중 아기집은 생겼지만, 계류 유산이 되었던 적이 있다.
쿨하게 혼자 갔다 오겠다고 남편의 동행을 거절했지만
병원 대기실에서부터 눈물샘은 고장 나버렸다.
일주일 동안 나는 저녁마다 수돗물을 틀어놓고 발악하듯 울어댔다.
그렇게라도 하지 않으면 심장이 터져버릴 것 같았다.

여러 번의 실패를 거듭하고 지친 나를 돌아보니
겉보기에는 멀쩡했지만, 수면부족과 스트레스 등으로
새 생명이 와주기에는 몸 상태가 엉망이었던 것이다.
일을 줄이고, 규칙적으로 운동을 하니
자연스럽게 결혼 7년 만에 기적처럼 생명이 와주었다.
테스트기를 들고 한 손에 들고 느꼈던 그 떨림, 잊을 수 없다.

나는 조금 늙은 엄마다.
그래서 더 건강해야 되고, 더 잘 살아야 된다.

너는 나의 비타민

애교+재롱+웃음=30분

너는 나의 상전

울음+투정+땡강=13시간 30분

너는 나의 휴식

밤잠+낮잠=10시간

나는 나의 햇살

너는 나의 바람

투자, 주식, 육아 책만 줄줄이 사더니
내게 보낸 택배
설레는 마음으로
'오늘 무슨 날인가?' 하고 열어봤더니
《수납의 기술》

이게 뭐지?
나보고 살림 좀 하라는 소리지?

불완전한 우리가 만나
사랑으로 하나가 되니

같은 생각으로 서로를 위하고
같은 마음으로 부모를 모시고
같은 생각으로 자식을 키우고

사랑한다는 것은
서로 같은 방향을 바라보는 것

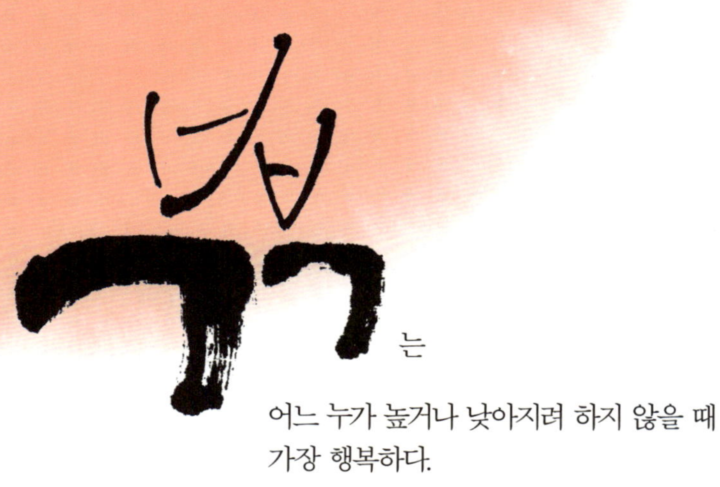

는

어느 누가 높거나 낮아지려 하지 않을 때
가장 행복하다.

네이버에 검색 창 아래로 펼쳐지는 연관 검색어

'딸' 검색
딸 키우는 재미/ 딸 키우기/ 딸 키울 맛 나겠다/ 딸 바보

'아들' 검색
아들 키우기/ 아들 키우다 미쳐버릴 것 같아요/ 아들 녀석들

대한민국 아들들! 지금이라도 좀 잘하세요.
아들들은 잘 못 느끼겠지만
나이 드실수록 어머니들의 유별난 아들 사랑 슬프고 괴로워요.
그나마 전화 좀 하다가
연애 후에 안 하면 그 탓 여친에게 돌아오고
결혼 후에 안 하면 아내만 피곤해져요.
지금 전화하세요!

장미가 비둘기로 바뀌는 것은 마술이고
사람이 갑자기 바뀌는 것은 기적이다.

있는 그대로 인정하세요.

내 아내는 원래 그래.
내 남편은 원래 그래.
내 처가는 원래 그래.
내 시댁은 원래 그래.
내 자식은 원래 그래.

나의 가족이니까.
나의 한쪽이니까.

오죽하면
사람이 갑자기 바뀌면 죽는다는 옛말도 있겠어요?

그대를
인정하면
마음에
평화가
옵니다

보이는 사랑은 작습니다.

그 속에 숨겨진 거대한 사랑에 비한다면

부모님이 늙으셔서
하신 말씀 또 하시고 또 하신다고 나무라지 마세요.
우리가 글자를 모를 때 그리고 글자를 알고 나서도
똑같은 동화, 똑같은 이야기 밤마다 수십 번 이야기하셨죠.

자주 씻지 않으셔서 냄새가 난다고도 피하지 마세요.
우리 힘으로 아무것도 할 수 없었을 때
냄새 나는 기저귀 갈고, 옷 갈아 입혀주시길 수없이 반복하셨죠.

같이 외출하면 천천히 걷는다고 답답해하지 마세요.
목도 못 가누고 돌아눕지도 못하던 때부터
기어가기, 걸음마, 달리기 모두 가르치시며 우릴 키워주셨죠.

못 드시는 음식 많다고 답답해 하지 마세요.
치아 때문에 그러실 거예요. 없는 살림에 당신들은 못 드셔도
젖 먹이시고 물 먹이시고 죽 먹이시고 밥 먹이셨잖아요.

대놓고 용돈 달라 하신다고 미워하지 마세요.
어려운 시절 힘들어도 우리 때문에 버티고 버티시며
학교 보내주시고 결혼시키셨잖아요.

어릴 적 몸에 심한 흉터가 생겼다고 원망하지 마세요.
일 하시며 여러 형제 같이 돌보시느라
눈 깜짝할 사이 생긴 상처, 당신 마음에는 더 큰 상처가 있을 거예요.

부모님들이 우리를 어떻게 키우셨는지
잊지 말고 자주자주 기억해주세요.

chapter 5

Fe

10초의 침묵이 10분 같다면
그 사람과 아직 편한 사이가 아니다.

–카스(카카오 스토리)에 글쓰기 고민 중

나 누구 만났어.
나 이거 먹었어.
나 이거 받았어.

지금 여기 왔어.
지금 이거 샀어.
지금 이거 봤어.

〈트루먼 쇼〉의 짐캐리 같아.
친구야, 실시간 라이브는 좀 그래.

좋아요!
멋져요!
일 좀 하자.
일 좀 해.

-카스 중에서

몸은
사무실에
마음은
채팅창에

모두를 믿거나 모두를 안 믿는 것은
똑같이 실수하는 것이다.

나만 꼬신 줄 알았더니
나만 낚인 줄 알았더니

앞으로 우리 사이
다시는 볼 일이 없을 거야.

바람둥이 블로그 자식!

—맛집 후기

하이힐 I

기분이 처지는 날에는 어딘가 올라가 보고파

하이힐 Ⅱ

오늘은..
내 마음이
너를 밟고
올라가고
싶구나

하이힐을 처음 신은 사람은 프랑스 루이 14세
키에 콤플렉스가 있었던 그는
처음으로 굽 높은 신발을 신기 시작했다.

자신감을 갖기 위해서
멋을 위해서
신는 킬힐과 하이힐이지만

여행 가는 날,
발도 좀 쉬어야지.
특히 바다 놀러 갈 때는 최악이야.

회사 야유회 날,
특히 신입들 NG야.

술 많이 마시는 날,
맨정신에도 긴장해야 하는 것이 하이힐이거늘.

하루 종일 쇼핑하는 날,
집에 갈 때 정말 기어가고 싶어.

놀이동산 가는 날,
폭풍 짜증으로 시작해 지구 종말 온다.

시기적절 하이힐!
적재적소 킬힐!

처음 1년간 브레이크는 왼쪽발로, 엑셀은 오른발로
장롱 면허 10년 만이라 기억이 가물가물-

주차 엘리베이터에서 긁혔을 때
내가 좀 후진이 약하잖아.

나선형 주차장 올라가다 꼈을 때
당황했지? 나도 당황했어.

불법주차 오토바이 때문에 사이드 미러 부셨을 때
미안도 했지만 네 모습 정말 웃겼어.

핸드브레이크 올리고 달렸을 때
그래도 네가 달릴 수 있는 줄 처음 알았어.

애마야,
그때는 미안했어.

—새 립스틱 바르는 날

사랑하는 것을 가질 수 없으면,
가질 수 있는 것을 사랑하라.

왜 자꾸 물어?
나도 힘들다고.

–다이어트 시작 전 지퍼에게

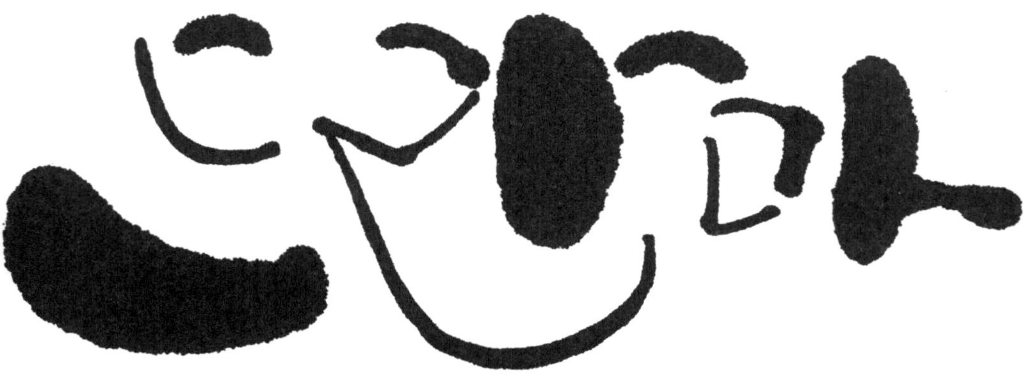

한번 꽂히면
끝을 봐야 하는

—드라마

자신만의
색깔이
결국
당신을
빛나게
할
것이다

초면의 사람들이 직업을 물어오면
'네, 디자인쪽이요'라고 대답한다.
많은 사람들이 "패션 디자인요?" 하고 물어봤던 것 같다.
적어도 촌스럽지 않다는 말로 들려
기분이 나쁘지는 않다.

스무 살 때에는 만 원짜리 티셔츠 한 장
운동화에 청바지만 입어도 예쁘지만
나만의 스타일을 완성해 나가는 것도
일을 잘하는 것만큼 중요하다.
자신만 스타일을 완성해보라.

√ 자신에게 어울리는 브랜드를 찜하라
√ 체형을 보완하도록 입어라
√ 유행을 입지 말고, 감각을 입어라
√ 도시적이고 시크하게 입어라
√ 너무 넉넉하게 입지 마라
√ 한 톤 다운된 칼라들을 찾아라
√ 나이 들어 보이지 않게 입어라
√ 무겁지 않고 경쾌하게 입어라

이게 내가 옷을 입는 방식이다.

최선은
자기로 변하자
선택이 아닌
좋수

행복하기 전에 먼저 웃으면
2배의 행복이 돌아온다.

못난 치아 때문에 교정을 했다.
아프고 힘들었다.

2년의 고통 뒤에
치아에서 보철을 뜯어낸 날,
날아갈 것같이 좋았지만
무지 예뻐질 줄 알았지만
거울을 보고 깨달았다.

진짜 문제는 굳어있는 표정이었다.
거울 볼 때마다
스마일, 김치, 치즈, 개구리 뒷다리-

그냥 사는 게 중요한 것이 아니라,
바르게 사는 것이 중요하다.

지하철에서 이런 남자들 누가 좀 말려줘요

하체에 힘 좀 주시라. 쩍벌男
좀 오므려주세요. 눈 두기가 불편합니다.

땀 냄새 참기 정말 힘들어. 시큼男
더운 건 이해하지만 어쩔 수 없네요. 데오드란트 추천!

스피커폰 DMB 시청 무개념男
여기 아저씨네 안방 아니에요.

말끝마다 씨×, ×새끼라고 하는 막말男
험한 세상. 쳐다보기도 무섭다.

시뻘건 얼굴로 휘청이는 내 앞의 만취男
저쪽 가서 차라리 서서 가는 게 낫겠어. 험한 꼴 당하기 전에.

스스로 신상 공개하는 목소리 큰 진상男
공중도덕 좀 지켜주세요.

아는 선배는 순진했던 사회 초년생 때
출근길 만원지하철 뒤에서 착 달라붙어 있던 밀착男이 있었는데,
"금방 싼 김밥 가지고 등산 가나 보다" 했단다.
웃지 못할 웃긴 이야기다.

안 그래도 힘든 하루
지하철을 안 탈 수도 없고,
이런 불편한 사람들 누가 좀 잡아가세요.

돈 없을 땐
아이쇼핑만 해도 좋고,

바구니에 담아만 놔도
내 것이 된 기분

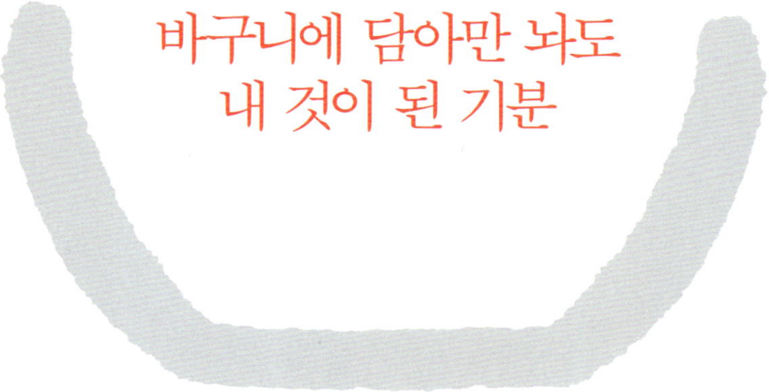

잘 못할 때
-백화점 가서 눈만 높아지고
-직접 발품 팔아야 해 발 아프고
-비싸도 비교할 곳 없어 바가지 쓰고

처음 할 때
-꼼꼼히 후기 읽느라 어질어질
-담기에서 결제까지 전화해서 괴롭히고
-사이즈 몰라 왕복 배송비 내고
-실제 색깔 헷갈려 또 내고
-동, 호수 안 적어 택배기사 힘들게 하고

좀 하다 보니
-상품 후기 쓰고 포인트 받고
-카드 포인트로 사서 흐뭇하고
-쿠폰에 낚여서 한심하고
-할인욕심으로 보험회사에 개인정보 주고

적당한 시기가 오면 자신을 위해 살아라

좋은 가방 한두 개는
자기 과시가 아니라 자기 만족!

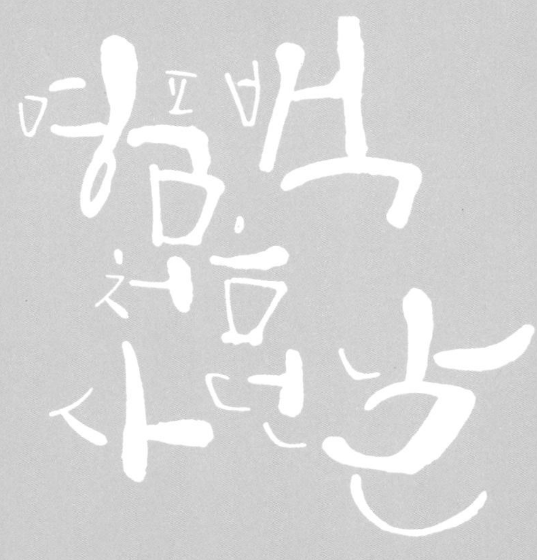

모두들 하나씩 들고 다니는데
이거 하나 사는데 무슨 고민이 이렇게 많이 되나.
'나 이거 하나 살 권리 있잖아!'
허영심이 아니라
세련되서 좋더라.
견고해서 좋더라.
가벼워서 좋더라.
"자기야, 나 짝퉁 백 하나 샀어!"

춤이란

정신의

몸에 대한

깍듯한

예우

하루 1시간의 여유
할 거 다하고 일한다고
누구는 부러워하지만

잘 견디기 위해서
더 잘하기 위해서
시작한 요가

연꽃, 나비, 물고기, 고양이, 코브라
전사, 쟁기, 메뚜기, 소머리, 활 자세
그리고
한발 서기, 어깨 서기, 머리 서기

근심과 잡념을 버리고
들숨과 날숨을 느끼고
경직된 마음과 치우친 생각을 바로잡다.

돼지꿈
이야기할까 말까?
로또 살까 말까?

혹시나 했더니
역시나 개꿈

아프다.
건드리기만 해도 아픈데
왜 안 나와주니?

튕기지 말고 그냥 나오든지
왜 그렇게 버티니?

이러지도 저러지도
너 나한테 왜이러니?

거울 보면 화나고
짜고 나면 후회돼.

–뾰루지

운전을 하기 전에 더 배우면 좋은 것은 지리다.
지리를 모르면
알려주는 길도 바로 가기 힘들다.

어디라도 같이 가자.
너 없이는 난 못살아.

그저께 간 길 또 모르고
밤에 갔던 길 또 낯설고
나 알지? 길치 짝꿍!

-네비게이션에게

한 개 먹고
눈치 보고
또 먹고
미안해서

맛 없어도
사야 되는

–마트 시식 중

즐겁게
생활하는
방법은
먼 곳에
있지 않다

당신 안에 있다

부록

캘리그라피 미니 강의

1. 개념과 요소

캘리그라피란?

조형상으로 의미전달의 수단이기도 하지만, 먹의 양에 따른 우연한 번짐, 유연하고 동적인 선, 스치는 효과, 갈필의 매력, 여백의 균형미 등이 디지털로는 표현할 수 없는 아름다움과 표정을 담아내는 디자인이다.
단순히 예쁘고 아름다운 글씨를 쓴다는 개념과는 거리가 멀다. 어원은 '아름답게 쓰는 기술'이나 '서예'를 뜻하기도 하지만, 일반 서예나 손글씨와 달리 의도하는 콘셉트를 담아내야 한다는 점이 가장 큰 특징이다.

캘리그라피의 필수 항목

판독성	아무리 독특하고 멋져도 잘 읽혀지고 볼 일이다. 기본 글꼴을 파괴하지 않는 범위에서 쓰되 모든 획의 양감의 대비가 고르게 분산되는 것이 중요하다. 글씨가 두꺼운 획으로만 혹은 얇은 획으로만 구성할 때 판독성이 좋지 않다.
가독성	빨리 읽혀지는 것이야말로 디자인에 있어 중요하다. 글자 자체의 폭이 지나치게 넓거나 좁을 때, 자간과 행간이 넓거나 좁을 때 가독성이 떨어진다. 구성이 엉성하면 낱말이나 낱말 무리를 읽고 다음 구역으로 옮길 때 가독성이 떨어진다.
안정감	하나의 글꼴, 낱말이나 문장 전체에도 보는 이로 하여금 편안함이 느껴져야 한다. 잘 쓰인 글씨는 멀리서 보거나 작게 줄여서 봤을 때, 혹은 글씨를 거꾸로 봤을 때에도 안정감이 있어 보인다.
심미성	텍스트가 의미 전달에 큰 비중을 두고 있다면, 캘리는 보는 사람의 눈까지 즐거워야 한다. 전통 서예에서는 느껴지지 않는 그것만의 색깔이 있어야 한다. 글씨인듯 하면서도 그림과 같이 아름다워야 하는 것이다.

목적성	모든 디자인에 의도가 있듯이 콘셉트를 담아내는 것이 중요하다. 포근하게, 강하게, 부드럽게, 급하게, 재미있게, 지루하게 혹은 약하게, 갑갑하게, 무섭게 등 이러한 기능성이야말로 일반 손글씨와 가장 큰 차이다. 의도한 바를 형체만으로도 담아낼 수 있는 것, 이것이 관건이다.

2. 재료 알기

붓

캘리그라피의 가장 중요한 재료는 붓이다. 요즘은 목수들도 연장 탓을 하는 것처럼 캘리그라피를 할 때도 좋은 연장이 필요하다. 자신에게 맞는 적당한 연장을 선택하고, 잘 쓰고, 잘 관리하는 것이 중요하다. 나뭇가지, 나무뿌리, 풀잎, 갈대, 젓가락, 면봉, 손가락 등 간혹 이러한 도구로 제작된 작품들을 언론에서는 흥미를 위해 주목했지만, 가장 편하고 흔히 사용되는 도구가 '붓'이다.

캘리그라피에 가장 적합한 붓은 '겸호필'이다. 인조모 또는 강호필과 부드러운 유호필을 섞어 만들어서, 붓모의 허리 부분에 고탄성과 붓끝의 유연함을 동시에 가지고 있는 것이 겸호필이다. 겸호필이라 해도 디자인용 세필이나 수채화 둥근 붓을 써본 사람들은 서예붓의 탄력이 약하게 느껴지고 봉이 길어 조절이 힘드니 처음에는 당황해한다. 획을 움직일 때 붓끝의 틀어짐이나 갈라짐이 인조모로 만든 디자인용 붓과는 차이가 있기 때문이다.
붓에 힘이 없다고 생각되어 거친 동물털로만 만든 강호필을 사면, 초보자들이 사용하기에 오히려 불편하고, 구성용 세필이나 수채화붓으로 쓰기에는 빈약한 글씨밖에 쓸 수 없다.

서예붓은 가볍고 털이 가지런하게 곧아서 그 끝이 바늘 같이 날카로운 것이 좋다. 무엇보다 복원력이 좋아야 하는데 좋은 붓은 획을 긋고, 다음 획을 그릴 때 틀어졌던 붓의 끝이 원상태로 빨리 돌아온다.
육안으로 선별하기가 어렵다면 인사동의 필방으로 직접 가보는 것도 좋다. 견본으로 전시하는 붓을 물에 찍어 미리 써볼 수 있으므로 사용감을 보고 고를 수 있다.
초보자들은 물을 찍어 써보거나 구매 후에 글씨를 시작할 때도 붓의 힘이 약하다고 느껴지는데, 5~6시간가량 글씨를 쓰다가 보면 붓모에 먹살이 올라오고 먹물이 베이면서 탄력있고 힘이 생긴다.

- **겸호필**-붓의 가장 중심에 인조모나 강호를 넣고 양호로 둘러 제작
- **양호필**-흰 염소털로 만들어 부드럽다.
- **계호필**-닭의 목털로 만들어 나는 듯 가볍다.
- **황모필**-족제비의 꼬리털로 힘이 강하다
- **낭호필**-이리의 털로 탄력이 좋다
- **장액필**-노루 앞가슴털로 부드러움으로 치면 최고다.

이외에도 주위에 수채화붓, 구성평붓, 구성붓, 백붓, 유화붓이 있다면 다양한 도구로 써볼 수 있다.

붓 고르기

캘리를 처음 한다면 적합한 크기의 붓을 선택하는 것도 쉽지 않다. 서예붓은 디자인용붓과 달리 붓모의 지름과 반비례해서 호수가 매겨진다.

붓펜의 종류

- **쿠레타케 붓펜**–탄력이 우수하고, 먹물을 묻히지 않고도 쓰기가 편하다.
- **아카시아 붓펜**–힘이 약하지만, 색이 다양해 그림이나 글씨에 포인트를 주기에 좋다.
- **붓펜**–먹물 없이 휴대가 가능하다는 장점이 있지만, 봉이 짧아 양감이 큰 글씨를 쓰기에는 한계가 있다.

- **강한 글씨를 쓸 때**–두께 있는 20mm(특1호)가 좋다.
- **긴 문장을 쓸 때**–가장 작은 겸호필 4~5mm(10호)가 좋고, 붓펜도 가능하다.
- **단어나 단문을 쓸 때**–중간 12mm~13mm(3호)의 쓰임새가 많다.

붓의 지름과 호수는 각 필방이나 제조업체에 따라 조금씩 상이하다. 입문자라면 겸호필 3개, 붓펜 하나 정도를 추천한다. 처음 붓을 샀을 때 보면 붓모가 흐트러짐을 방지하기 위해 식물성 풀로 딱딱하게 모양을 잡아놓는데, 흐르는 물에 충분히 씻어주어야 먹을 잘 흡수한다.

붓 세척법

뜨거운 물이나 비누로 씻을 경우, 붓이 변형되거나 탄력이 없어지고 먹물 흡수력이 떨어진다. 흐르는 물에 붓모를 잡고 만지작거려 먹을 충분히 뺀 후, 붓모가 위에서 아래로 향하도록 걸어둔다. 대충 빨거나 깨끗이 씻어 주지 않으면 먹의 아교 성분이 남아 붓끝이 갈라지고 수명이 단축된다.
거꾸로 세워두면 붓이 흩어지고, 장시간 물통에 꽂아두거나 대충 구겨서 보관하면 붓이 틀어져서 못쓴다. 휴대 시에는 반드시 붓발에 싸서 이동하고 아크릴물감이나 페인트 등 다른 재료에 사용하지 않는다.

화선지

작품지가 연습지보다 좋은 점은 먹색의 지속력과 장기 보존력이지만, 초보자라면 저렴한 연습지로 시작해서 품질 좋은 연습지로 옮겨가도 나쁘지 않다. 반절지(35×135cm)로 사는 것이 좋고, 좀 더 작게 재단해 두면 쉽게 꺼내 쓰기에 좋다.
번짐의 정도가 많은 종이와 그렇지 않은 종이가 있으나, 대개 처음 화선지에 글씨를 쓸 때 번짐이 많아서 불편할 수 있다. 초보자라면 번짐이 많지 않은 연습지를 써보는 것도 좋다. 벼루를 사용해 먹을 어느 정도 빼주느냐에 따라 먹의 번짐, 즉 발묵의 차이를 알아나가는 것이 중요하고, 원하지 않는 획에서 먹이 크게 번질 때에는 이면지로 눌러주어 물기를 흡수하는 순발력을 발휘한다면 종이에 무관하게 쓸 수 있다.
번짐을 최소화해서 쓰기 위해 화선지를 2장 이상 겹쳐 이합 또는 삼합지로 사용하기도 한다. 매끈한 면이 앞면이나, 거칠게 쓸 때에는 뒷면도 좋다.

먹

좋은 먹은 그 색이 진하고, 표면이 고른지를 보면 되지만, 캘리그라피의 경우 상황상 먹물을 많이 사용한다. 먹물 사용 시에는 사용 후 벼루를 바로 바로 씻어서 보관해야 하는데, 그렇지 않을 경우 벼루에 수분이 증발하고 남은 먹이 아교성분과 함께 달라붙어, 그 위에 다시 먹물을 부어 쓸 때에는 붓에 찌꺼기가 붙고 끈적끈적해서 정교한 글씨를 쓰기에 불편하다.

벼루

좋지 않은 벼루는 먹물을 많이 흡수하고, 아주 작은 휴대용 벼루는 깊이가 얕아서 중자 이상의 큰 붓을 사용 시 붓끝이 틀어질 때 바로 잡아주거나 번짐의 상황에 따라 붓에서 먹물의 양을 훑어서 조절하기가 매우 불편하다. 24×15cm규격이 가장 쓰기가 좋다.
먹그림의 경우, 먹의 농담을 알기 위해 흰 접시를 사용하는 것이 좋다.

기타

서예깔판은 1/4지용(40×75cm) 모포가 화선지 반절지를 쓰기에 가격 대비 좋고, 화선지를 눌러주는 문진(서진)과 물통이 필요하다.

3. 종이별 다른 느낌

번짐이 크고 작은 것, 매끈한 것과 거친 종이가 있다.

화선지
먹의 번짐이 가장 좋고, 때로는 우연한 번짐이 멋스럽다. 속도를 낼 때에는 스치는 효과, 갈필의 매력도 있다.

모조지
먹의 번짐이 올드하거나 너무 포근하게 느껴져 싫을 때, 똑떨어지는 단아함이나 모던한 느낌의 글씨를 원할 때 좋다.

매직터치
표면에 얕은 엠보싱이 있어 러프한 느낌을 줄 수 있다.

기타
스티로폼, 사포, 수채화지, 도화지, 비닐, 유리소재 블랙보드 등이 있고, 휴지는 번짐이 심하다.

4. 문장 구성

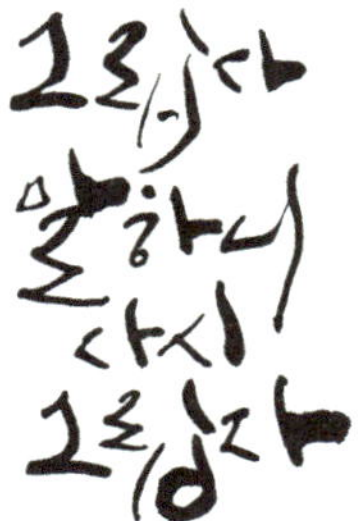

1. 머리글자의 초성을 강하게 시작하라. 처음에 강하게 쾅! 힘을 실어주라.
2. 마지막 글자의 중성 혹은 종성은 강하게 맺음하라. 특히 뒤로 갈수록 기울어지거나 약해지는 것은 금물.
3. 전체적으로 양감을 골고루 뿌려라. 너무 얇게나 두껍게만 쓰지 말라는 것이다.

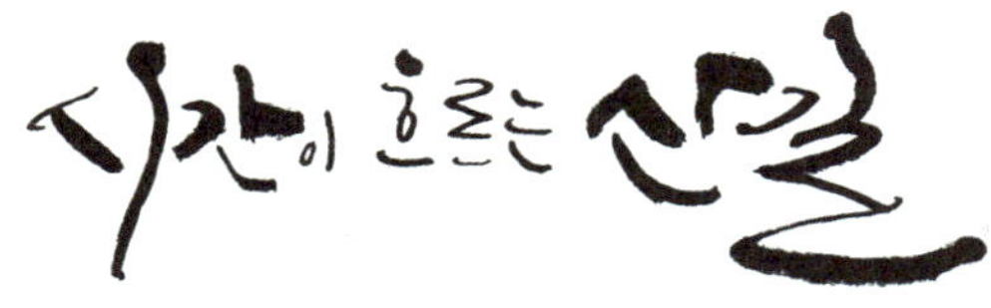

4. 핵심이 되는 단어에 힘을 실어 강조하라. 쓰기 전에 중요한 키워드가 어떤것인지 확인한다.
5. 조사나 연결 어미는 작게하라. 시선이 갈 키워드에 양감을 크게 하라는 것이다.

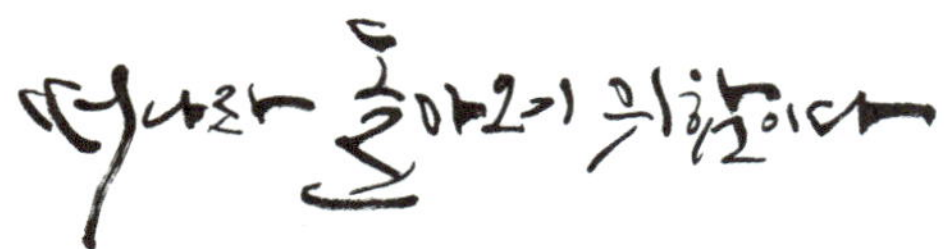

6. 글씨 무리의 중간에 지나치게 큰 여백을 두지 마라. 두 줄 이상일 경우 테트리스처럼 글씨가 자연스레 엮여 있어야 한다.
7. 갇혀 있지 않게, 갑갑하지 않게 뚫어주라. 컴퓨터 폰트로는 줄 수 없는 효과를 준다. 상하좌우 강조할 곳은 확실하게 한다.
8. 장난스럽거나 유치하지 않게 가라. 글씨의 구성으로 재미를 주되, 직접적인 그림으로 표현하지 말자.

5. 느낌별 글씨

포근한 글씨
완급을 조절해서 천천히 쓰고, 붓의 농담으로 발묵을 적당히 조절하라.

부드러운 글씨
붓을 움직일 때 춤추듯이 리듬을 타고, 자음에 포인트를 주며 모음은 곡선미를 살린다.

다소곳한 글씨
세로선은 수직, 가로선은 수평을 기본하고, 선의 끝부분과 자음에만 변화를 주어 다소곳하게 표현한다.

귀여운 글씨
작은 붓으로도 가능하다. 종성을 아주 작게 하고, 자음에 보여 지는 각도를 직각보다 크게 한다.

재미있는 글씨
자음과 모음이 제각각 따로 놀아야 할 자리를 배제하고, 중간 중간 스마일을 연상하는 모음을 넣어본다.

날카로운 글씨
번짐 없이 속도를 내는 것이 좋고, 자음의 획의 꺾임이 빨라서 직각 이하의 각도로 표현하는 좋다.

속도 있는 글씨
선을 중봉으로 그어야 하고, 머물면 번지므로 속도를 내야 한다. 세로획들의 방향을 오른쪽으로 눕혀도 좋고, 글씨 무리들의 중심을 위로 가게 한다.

힘 있는 글씨
붓대의 아래를 잡고 큰붓으로 쓴다. 선은 중봉으로 가고, 종성은 크게 해 힘을 실어준다.

※ 먹의 농담을 이용한 점, 선 등도 캘리그라피를 받쳐주는 소재로 좋다.

초판 1쇄 펴낸 날 | 2013년 12월 31일

지은이 | 정경숙
펴낸이 | 이금석
기획 · 편집 | 박수진
디자인 | 강한나
마케팅 | 곽순식
물류지원 | 현란
펴낸곳 | 도서출판 무한
등록일 | 1993년 4월 2일
등록번호 | 제3-468호
주소 | 서울 마포구 서교동 469-19
전화 | 02)322-6144
팩스 | 02)325-6143
홈페이지 | www.muhan-book.co.kr
e-mail | muhanbook7@naver.com
가격 13,000원
ISBN 978-89-5601-329-9 (13810)

잘못된 책은 교환해 드립니다.